U0015803

哈金 著 明迪 譯

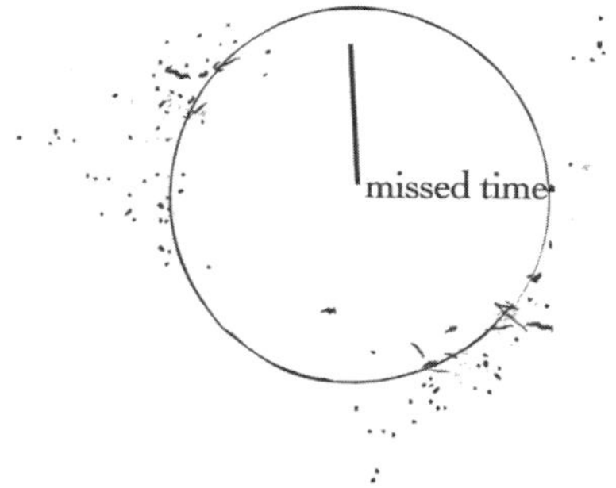

錯過的時光

哈金詩選

目錄

II　選自《面對陰影》（一九九六）

III 譯自《殘骸》（二〇〇一）

Ⅳ 譯自《自由生活》（二〇〇七）

附錄

關於作者

哈金（Ha Jin） 本名金雪飛，一九五六年出生於中國遼寧省。曾在中國人民解放軍中服役五年。在校主攻英美文學，一九八二年畢業於黑龍江大學英語系，一九八四年獲山東大學英美文學碩士。一九八五年，赴美留學，並於一九九二年獲布蘭戴斯大學（Brandeis University）博士學位。現任教於美國波士頓大學。

著有三本詩集：《沉默之間》（*Between Silences: A Voice from China*）、《面對陰影》（*Facing Shadows*）和《殘骸》（*Wreckage*）；另外有短篇小說集《光天化日》（*Under the Red Flag*）、《好兵》（*Ocean of Words: Army Stories*）、《新郎》（*The Bridegroom*）、《落地》（*A Good Fall*）；長篇小說《池塘》（*In the Pond*）、《等待》（*Waiting*）、《戰廢品》（*War Trash*）、《瘋狂》（*The Crazed*）、《自由生活》（*A Free Life*）；評論集《在他鄉寫作》（*The Writer as Migrant*）。

短篇小說集《好兵》獲得一九九七年「美國筆會／海明威獎」。《新郎》一書獲得兩獎項：亞裔美國文學獎，及The Townsend Prize小說獎。長篇小說《等待》獲得一九九九年美國「國家書卷獎」和二〇〇〇年「美國筆會／福克納小說獎」，為第一位同時獲此兩項美國文學獎的中國作家，該書迄今已譯成二十多國語言出版。《戰廢品》則入選二〇〇四年《紐約時報》十大好書、「美國筆會／福克納小說獎」，入圍二〇〇五年普立茲文學獎。

關於譯者

明迪 美籍華裔女詩人，英美語言文學學士，語言學碩士，波士頓大學博士生ＡＢＤ。譯有《在他鄉寫作》、《自由生活》（詩歌部分），以及英美現當代詩人的作品。著有《Ｄ小調練習曲》、《柏林故事》、《日子在膠片中流過》等詩文集。

錯過的時光

哈金詩選

〈卷首詩〉錯過的時光

幾個月了，筆記本一直空白著，
因為你的光
從四面沐浴著我。這枝筆
已沒用了，懶散地，
了無哀傷。

再也沒有什麼比無故事的一生
更幸福的了，不需要
寫作，去追求意義——
我走後，讓他們去說
失去了一個快樂的人吧，
儘管誰也說不出我是怎樣快樂。

（和戴望舒）

I 選自《沉默之間》（一九九〇）

死兵的獨白

一九六九年九月，在圖門江的一次沉船事件中，一位年輕的中國士兵為了搶救毛主席塑像而溺水犧牲。他被授予二等功，埋在吉林琿春縣的一個山腳下。

我在這裡躺累了。
山好，水好，
時而有熊、鹿、野豬
　　　　來造訪，
好像我們是一夥被遺棄的同志。
我孤獨，想家，
冬天到來時這裡很冷。

剛才我看見你來了，
像一絲薄雲在草地上飄悠。
肯定是你，
六年了沒有別人來過。

你怎麼又帶來酒肉
　　和紙錢？
我年年告訴你，
我不迷信。
你帶了紅寶書沒？

有些語錄我忘了。
你知道我記性不好，
怎麼又落在家裡了？
我救起的塑像呢，
還在展覽館吧？
偉大領袖身體可健康？

祝他萬壽無疆！

上星期我夢見母親
給人家看我的獎章。
她還是為兒子驕傲，
下地時
頭抬得高高的。
她比去年顯老了，
白髮真刺眼。
我沒看見小妹，
她一定長成大姑娘了。
她有男朋友嗎？

你為啥哭？
和我說說話吧。
你以為我聽不見？
早些年

17　死兵的獨白

你來時站在我墳前，
發誓以我為榜樣。
近幾年
你每次都哭鼻子。

該死的，怎麼不開口？
一定發生了什麼事。
什麼？你為啥不告訴我！

這些日子，我又在想著你

1

我們離家參軍時，
你在火車上痛哭起來。
你說，「俺從沒出過遠門，
會想爹娘的。」
但你又說，
保衛國家人人有責，
你要和蘇聯修正主義戰鬥到死。

我低下頭，沒有哭。
母親眼裡暗暗閃著淚光，
頂著寒風，

似要拉住北去的列車。

2

北方的土地上，
我們的腳印
消失在雪裡。
堅硬的冰河
慢慢融解。
在邊界巡邏
不需再戴皮帽了，
我們來到細泉邊飲馬。

3

雨水終於解凍了黑土地，
杜鵑花在山坡上盛開。
樹林不理解戰爭，

山脈與河流也不理解戰爭。

但是每天夜裡
我們都闔衣而睡——

準備打仗。

4

假扮敵方的坦克車
從山谷裡開過，
木頭手榴彈和橡皮火箭彈
向它們猛射。

一切都是假的，
但我們做得那麼認真。

你為什麼選擇那輛

履帶像巨齒的坦克，
在它後面放炸藥包？

它把你壓倒在地，
輾過你的肢體。

我們把你抬下山去，
你的血滴進小溪，
　　流向黑龍江。

5

白天花板，
白牆，
白護士。
只有你的黑眼睛慢慢轉動。

我們的眼睛碰撞了。

你盯著我，
死一般的沉默。

你能說話嗎？
你能聽見別人說話嗎？
你比以前短了兩尺。

你笨拙地縮回病房，
像受驚的烏龜。

看著你扭曲的背影，
我送走一個時代。

6

你還活著嗎？

你是一條狗，被遺棄了，

常常在我良心的門口
呻吟。
今夜，在漫長的寂靜中
我又在想著你。

第一張照片

那個星期天儘管下著雪
我們還是集合在
琿春縣唯一一家小相館，
去照當兵後的第一張相。
兩支衝鋒槍在手中傳來傳去。
大夥兒挨個兒站到相機前，
把槍緊貼胸口。

輪到我時可真緊張，
班長笑著說：
「別讓槍桿壓斷你脖子。」
有人在背後嘀咕一句：
「扛著槍他個頭更小了。」

照片要寄回老家去，
大夥都要在上面印幾個字。
有的寫「誓死保衛祖國！」
有的寫「時刻消滅侵略者！」
有的寫「北疆勇士！」
我寫下「永遠握緊手中槍！」

我會說俄語

我真傻，不該告訴你
我會說一點俄語。
你聽後那麼高興，
好像我是上好的魚子醬，
你喝伏特加時
正好發現了。

你抓住我的手，眼裡放光。
嘰里呱啦說了幾句，
詞語像一群天鵝
　飛出湖面。

我沒法用俄語回答你，
你一定以為我是冒牌貨，
你鬆開我的手，
低下眼睛，
用沉默讓我感到內疚。

可我確實會說一點俄語。
我學的第一句話是
「放下武器！」
我還會大喊一聲：
「舉起手！跟我走！」

我的王國

過娃娃家時，
你們都讓我當國王，
因為就我一個人是男孩。
但我是一個矮小呆板的國王，
不知道怎樣擺出帝王氣派，
或怎樣統治前宮後院，
也不知道怎樣區別對待王后和妃子，
或怎樣指揮女鬥士們保衛城堡，
不知道怎樣使用丫嬛，
不知道怎樣享受飲食起居。
但我是國王，
一大群鳥中的一隻小孔雀。

我的王國是一隻小紙船，
開進了太平洋。
每一分鐘它都往下沉，
但慢慢沉了許多年，
我們誰也不知道它在沉下去。
它一點一點地解體，
一個一個地失去你們，
你們游走，離開小船，
變成了美人魚，
去服侍水晶宮裡的龍王，
直到我的公主也拋棄了她不懂事的父親，
直到在黑暗的大海底下
我像隻孤獨的螃蟹爬來爬去。

神聖的芒果

我們在市政廳門前聚會，
敲鑼打鼓放鞭炮。
成千上萬的人趕來，
接受毛主席贈給我們市的禮物。
一隻金色的芒果載在一輛大卡車上，
還有三輛卡車隨行，
車上插滿彩旗，
裝滿金色的菊花。

芒果放在大廳中間展覽，
我們排隊去看，
表達敬仰和感激。

那天晚上
幾個好奇的孩子嚐了嚐芒果，
但沒有被逮住。
市長嚇壞了，氣得大叫，
「該死的，要是我知道
哪個兔崽子咬了芒果，
我把他全家打成反革命！」

這怎麼得了？
我們用木頭水果替換了真芒果。

詞語

你長得最壯，
但你打不過我們任何人。
每次跟你打架我們就高喊：
「你爸爸是地主，
你是黑心地主的崽子。」
或者我們模仿你父親
在批鬥大會上說的話：
「我叫李萬寶，我是地主；
解放前我剝削長工
和窮苦農民。我有罪，
罪該萬死。」
然後你就收回握緊的拳頭，

瘋貓一樣地連哭帶罵，逃回家。

你只用手打架，
我們用手和詞語一起打，
我們打呀打呀打呀，
直到我們長得超過了你，超過我們自己，
直到你和我們都被送到同一個村子，
一起下地幹活，
晚上一起抽菸，喝高粱酒；
只要生產隊長說：「你們這些小資產階級，
必須認真接受『再教育』！」
我們就在背後詛咒他，

直到我們用光了所有的詞。

一個青年工人對舊女友哀嘆

你指責我沒心沒肺，
就因為我不能愛已故總理超過愛你。
怎麼解釋也沒用，你就那麼
一掃帚把我掃走，好像我是垃圾。
我從來沒有好運氣，不像你那樣，
從學校八百個學生裡被挑出來，
給他脖子上戴紅領巾。
再說，他從沒去過我們那個小鎮。
我在電影裡見過他，在報紙上讀到過他。
我承認他是好人，日夜為人民操心。
他去世的時候，我和你們一樣也哭了，
但我還是不能愛他超過愛你。

35　一個青年工人對舊女友哀嘆

我知道你微笑時酒窩怎樣開花。
我知道你害羞時眼睛怎樣暗下去。
我知道你走路時腰肢怎樣擺動。
我知道你罵人時鼻子怎樣翹起來。
你怎麼能叫我愛他超過愛你？

你我再年輕二十歲就好了，
或者再老八十歲，
沒有他，我倆才能相愛！

橋上約會

雖然我長得漂亮，
在省裡有名，
是「鐵姑娘隊」的頭兒，
但我不想做任何人的妻子。
我受過的痛苦和折磨
不能傳給後代——
我的孩子不會來到這個世上。

媒婆白費勁了，
但我還是到橋上來見你，
免得我父母親失望。
你不打招呼地迎接我，

我知道你明白我決心已定。
我們就站在一起沉默吧，
看著又涼又深的水
從我們腳下流過。
我倆呆傻的表演持續了半小時。
如果你跳河，
我就跟你跳下去。

雪

你寄來雪的信息，
美麗而清冷。

雪片在我指縫間滑落，
覆蓋星辰
和山坡上的腳印。

山下，松樹靜穆地
彎著綠枝。

山上，我為你長久地
站立，

守著一線空寂。
你寄來雪的情意，
要我做你的男人
又做你的雪人。

路

我腳下有兩條不同的路。
一條伸向長滿杏子和梨的果園，
一條通向有電影院的長廊。

我在二者之間猶猶豫豫，
兩條腿按自己的意願走去。
右腳堅定有力地走向右邊，
左腳信心十足地走向左邊。

走在兩條道路上，
我的腦袋漲成一個紅氣球，
朝向上的那條路衝去。

來自中國的一張照片

上次吃飯時你告訴我，
你遲遲回不去，
因為不能閉上嘴。

你給我寄來的照片上，
看起來你回去後很開心，
和老婆孩子在一起，
身後的蜿蜒小道
同小佛山上的一樣
肅靜。

我還是擔心
你那張笑開的嘴。

因為我將沉默

一旦我有了說話的自由，
我的舌頭就失去力量。
我的詩為了打破
隔絕人們聲音的高牆，
而變成鑽子和錘子。

但是我將被迫沉默。
脖子上那條花紋領帶
隨時可能被勒成眼鏡蛇。

我怎能談論咖啡與花朵？

II 選自《面對陰影》（一九九六）

談話方式

我們曾經喜歡談論痛苦。
日記和書信裡塞滿了
失落，抱怨，和悲傷。
即使沒有痛苦，
我們也不會停止哀嘆，
彷彿希望從悲痛的面孔上
看到魅力。

爾後，我們又不得不表達痛苦。
那麼多災難沒有警告就降臨：
工夫白費了，愛情失去了，房屋沒有了，
婚姻破裂，朋友行同陌路，

理想被眼前的需要消磨掉。
詞語在我們喉嚨裡排成隊
想要拚命地哀叫一番。
痛苦像一條無盡的河——
生命中唯一不朽的流動。

失去了一片土地，放棄了一門語言，
我們停止談論痛苦。
笑容開始照亮我們的臉龐，
我們笑啊，笑自己搞得一團糟。
一切變得美好起來，
即便是草莓地裡的冰雹。

給十四年前在東北去世的祖母

奶奶，給你寫信是不是很危險？
大家都要我忘記那個夢——
昨晚我夢見你回家
給我們做了一頓中秋飯。
你甚至對我笑，
笑我用一把大掃帚打掃你的房間。
晚飯前你給我一碗
紅燒肉，小聲說，
「留給孩子們餓的時候吃吧。」

我大吃一驚，
你怎麼會說這麼流利的英語？

你去世前，我們誰都沒聽過
一個英文字。
你怎麼知道我能聽懂？

人們要我小心一點，
因為老太婆會很固執。
有人猜你是來領我的，
你在那邊一定很孤獨。
有人問你有沒有摸我，
或者叫我的小名。
如果有，我就氣數已定。

我不怕，可也沒準備好。
如果真的有另一個
回不來的世界，你怎麼
英語學得這麼好？你怎麼會
喝咖啡和薑汁汽水？

不，不，你不可能
在那邊學這些洋東西。
你一定是一直在這裡，
這裡，我心裡。

我醒來時——笑了

給 L.Y.

人們說我是個悲哀的人。
悲哀在這裡是致命的疾病，
快樂才是成功的鑰匙。
如果你悲哀，就注定會失敗——
你不能使老闆高興，
你的長臉不能吸引顧客，
幾聲嘆氣
足以讓朋友們失望。

昨天下午我遇到潘，
一個越南人，曾經是將軍，

坐了九年牢之後
來到這個國家。
如今他幹清潔工，
總是躲避
過去的部下，
因為他們每個人
都比他過得好。
他告訴我，「悲哀
是一種奢侈。
我沒有時間顧及，
如果整天哀愁
就沒法養家餬口。」

他的話令我慚愧，
儘管我早就聽說
繁忙的蜜蜂不知憂愁。
他讓我覺得還算幸運，

有飯菜填飽肚子，
有書可讀，
應該快樂和感激。

我哼著歡快的曲子回家。
妻子笑了，奇怪
我怎麼突然變得輕鬆起來。
兒子跟著我在地板上跳來跳去，
笑啊，開心啊。

昨夜，
我在夢裡參加一個晚會。
大廳裡掛滿了字畫，
有許多歡聲笑語。
我隨意漫步，
忽然看見你的字跡
掛在空中，

像翅膀一樣飄動。
我驚訝得說不出話來，轉身
看見你坐在椅子上
一動不動，還是那張清瘦、無動於衷的臉，
只是那件藍衣裳顏色變深了。
什麼東西在我胸中咔嚓一下，
眼淚湧了出來。
諾言有什麼用？
我許過諾，許過一百次了
但從來沒有回去。無論我們到哪裡，
原因都一樣：
謀生，養家。
如果一首詩出現，那僅僅是
意外的幸運。

我胸口痛了幾小時，
但我醒來時——笑了。

櫻桃

給 Joey Wolenski

他們都誇我是好孩子，
輪番找我要櫻桃，
從我手中的碗裡拿。
母親沒要。她在補我的襪子。

「再給我一個大的好吧？」叔叔笑著說。
我給他一個不大不小的。
爺爺只剩下門牙——
嚼起來臉上一鬆一緊。
姑姑把她那個舉到嘴邊，
「好甜吶。」又放回

我碗裡。

「你怎麼不給你媽櫻桃？」

爺爺問道，用菸桿指點我的頭。

「媽媽不吃好東西，」我告訴他。

「為啥？她沒嘴？

她不知道櫻桃好吃？

傻小子，你媽不吃，

是想給你留著啊。」

我扔掉碗，大哭起來。

櫻桃撒了一地。

桃子

爸爸，還記得軍隊大院裡
咱家門前那棵桃樹嗎？

它在紫欄桿旁邊開花，
樹葉像剪刀一樣叉開，
和蜜蜂一起在風中作響。

我三歲，圍個綠兜兜，
想摘那個乒乓球
一樣大的桃子，那棵樹上
唯一能看到的一個。

你用我的小鏟子鋤草，

告訴我再等一等。
「兩個月後就會又甜
又脆，」你向我保證。

每個週末我從幼稚園回來
都要看看我的桃子。它長得
粉粉的，像一張害羞的臉，
每星期都更大更圓。

有天早上我發現我的桃子
被鳥和蟲子吃了一半，
肚子上豁開一道峽谷，
腐爛的傷口瞪著我。
我沒有哭也沒吭聲。

爸爸，你忘了那個桃子嗎？
那是我的第一個長在枝上的果子。

他們來了

有時候你走在街上，
回家或者去看一個朋友——
他們來了。他們從柱子和樹後出現，
朝你走來，像一群狼圍追一隻羊。
你知道躲避或逃跑都沒用，
索性停下來，點燃一支菸，等他們。

有時候你在餐館吃飯，
湯喝完了，菜還沒上來——
他們來了。一隻手有力地落在你肩上。
你對這樣的手很熟悉，
不用轉過身去看那張臉。

那些吃飯的人嚇得往外溜，
服務員說話時下巴直抖，
但你還是坐在那裡等帳單。
結完帳後你會跟他們一起出去。

有時候你打開辦公室的門，
計畫在三小時內寫完一篇文章，
或者看一篇評論，但先泡杯茶吧——
他們來了。他們從門後跳出來，
像鬼歡迎小孩來到他們的窩。
看見杯子和紙都在地上，你不想進去。
你琢磨著怎樣給家裡捎個信。

有時候你工作了一天一夜，
累得半死，只想沖個澡，
多喝一杯，好好睡一覺——
他們來了。他們使你的夢變了顏色：

你為滿身的傷痛而低吟，
為別人的命運而哭泣。
直到現在你才敢還手，
但「嘭」的一聲或者「哎喲」
又把你帶回到沉默和不眠。

看，他們來了。

感激
——在現代語言協會大會上

我以為找工作不成問題。
博士學位應該給我帶來一打面試，
幾個工作機會，像我的黑人朋友帕崔斯那樣
有四個選擇，他挑了一所重點大學。
如果我也這樣，我一定寫首詩來
表達感激，絕不歸功於
自己的才能加上好運。
我眼前出現成千上萬的
華人勞工，橫穿美洲大陸修鐵路。
汗淋淋的臉在雪花中搖動，
嘴上和衣服上

滿是醬油和菸草味。夜裡，
他們擠在窩棚裡，用鴉片
麻醉痛苦，商量著
怎樣把同伴的屍體運回國。
哦，我喊出聲，詩要用這幾行來結尾：
他們為後代的福分而受苦，
而死去，也為了我。

我想像的沒有發生。
我只有一個面試，沒人給我工作。
我的同伴們比我成功，
有些已經有了教授的派頭。
我妻子每天晚上為我禱告，
甚至說她將信教，
只要她丈夫找到工作。
一事無成——無能的感覺是最大的羞辱。

這些天
我想到很多詩句和故事。
我記得杜甫和李白的命運——
兩位詩人都有過苦難的日子。
老天爺要他們吟唱，
於是逼他們吃盡苦頭。
他剪掉他們的翅膀，把他們關進籠子，
強迫他們看別的鳥飛翔。
我自言自語，老天爺肯定在對你
玩另一個花招，讓你的話語
不出自酸疼的喉嚨而發自陣痛的肚子。
好吧，我就為這感激。起碼，
老天爺把我歸為詩人。

那些古代的大師也被迫離家。
他們在野蠻的土地上漂泊，
逃離戰火，或者拒絕

為別的君主效勞。有幾個最後回到
家鄉，但家已是野草和墳地，
村裡的年輕人
不認得他們的面孔。
這些古人不因流淚而羞愧——
想家時，就聚在一起哭泣。
他們的友人和他們一起嗚咽，
竹管弦樂擰動每個人的心肺，
悲痛的歌吟即興而起。
他們的苦楚代代相傳，
傳了幾千年。

無論感覺怎樣我們也絕不能哭，
眼淚是廉價的，沒人喜歡。
家可以在任何地方，唯獨不在
夢想飛到之處。那是一條下沉的船，
每個人都在奮力逃脫。

只有懦夫才不得不吃祖先的骨灰
滋養的莊稼，
而我們的身體可以肥沃
任何土地。

我好無恥啊，
竟同那些不屈的古人相提並論。
我對老天爺的感激只不過是傲慢。
與他們相比，我是幸運的，
有吃有住，
還住得起旅館。
這兩天有上千場演講，
教授們發言或招聘都精神抖擻。
但別再提這個自由土地上的美麗了。
自由在這裡不是生存方式
而是買賣。要生存，
就必須學會怎樣賣掉自己，

把自己捶打成鉚釘或螺帽，
以適應某一行業的機器。
哦，我仍然感激，
感激有留下或離開的自由，
感激懂得了自由的代價。

半夜

突然，鴨子和鵝大叫起來。
湖面上，街燈的影子
被爆飛起的翅膀打碎。
受到驚嚇，她去
拉下窗簾。

「天哪，這麼多！」一個男人喊道。
他正在餵牠們，他的狗在吼叫。

她停下來，看湖水
四濺，閃著光。

一隻貓跳入她懷裡。

夏日草地

昨天下午我兒子問，
「爸爸，『中年』什麼意思？」
我說，「不年輕也不老。」

「就像你這樣？」他抬頭看了看我，
把手中的《安徒生童話》
放在夏天的草地上。我點點頭，
但不知道該不該同意。

他的問題讓我吃驚。
這是我第一次
接受自己為中年人，

儘管我又查了字典，
每一本都說中年從四十開始。

你曾經聲明不能忍受
一個比你小的人愛你。
我真絕望，因為不夠資格。
如果你現在看見我
你會高興地發現我有多長進。
上個月在城中心的草地上，
一位老太太想知道
我妻子是不是我女兒。

我終於覺得很夠格了，
因為那些激情
不再使我胸口發悶，腦袋發暈。
隨便開個玩笑很容易，
一心二用也不難。

你在哪裡也見不到過去的哭喊了，
除了在這些簡單的詩行裡——
我的文字仍然是我的掌心和手指。

如果你沒有把我甩掉

如果你沒有把我甩掉
我就早已把你忘了，
就像許多女孩子的面容出現在腦中，
但無論怎樣
也想不起她們的名字。
那些水靈靈的眼睛，
銀鈴般的聲音，
玫瑰般的嘴唇，
都變得模糊起來，
在記憶裡同車票、帳單、教學大綱
混在一起。
我常常敲著額頭罵，

「該死，我這腦袋被攪成了
　一鍋粥！」

我想像不出你現在什麼樣，
你怎樣去糧店買米，
怎樣下了班就去幼稚園，
怎樣和老公吵架，
怎樣變成一家之「主」。

出現最多的是你舞動的裙子，
那曾是彩色的飛碟，
把我的心帶上藍天。

如果你沒有把我甩到地上，
我怎會長久躺著看那些白雲，
一會兒低頭微笑，
一會兒重複你的名字？

黎明前

晨星墜入秋天的雲海。
我的思緒又飄動起來，
穿過霜冷的風，
飛到一個紅屋頂覆蓋的小鎮。
倦鳥在朦朧的林中
尖鳴呱叫，
宣布短暫的投降
或狂熱的征服。

他們召喚愛——
我對一個厭倦了愛情的女人之愛
和對一個要求愛屋及烏的國家之愛。

兩種愛美得讓我
暈眩，其實都是幻覺，
來自我天真的眼睛。
如今他們深信
我滿懷怨恨和惡意
逃到這個地方，
在異國的孤獨中
調養膨脹的自我。

他們怎能想像
這些年我在紙上爬行，
拖著文字的鐐銬，
只為了證明
我是個稱職的戀人，
不靠讚美，
仍可以創造出驕傲？

距離

你的聲音這麼年輕，
使我想到晚輩。

昨天我放了很多遍
你沒落名的留言，
猜想那些年輕的女子，
誰可能會有我的號碼。
她們都沒有孩子般的聲音，
這麼熟悉，卻又夠不著。
我不認識這女孩，我想，
沒有給你打回去。

今天早晨醒來時，你的聲音
在我腦袋裡迴轉，摻和著
樺樹林子裡的布穀鳥聲。
十五年前我們在林子裡散步，
那是在哈爾濱，在一個多風的春天。

突然我覺得老了，厭倦
一個人在這片土地上流浪。
我給三藩市打過去，
但你已經
隨你國家的代表團
離開了。

太陽的味道

她在浴缸沿上
放了一條毛巾，
鬆鬆軟軟，疊得整整齊齊，
浸泡著陽光。
我把臉埋進絨毛裡，
深深呼吸太陽。

我胸中盪漾起一個世界，
那裡有海鷗，
漁船，潮汐，颶風，
花粉和蜜蜂，孩子，
燻肉，笑語和歌聲。

如果有人再對我說，
「太陽在哪裡聞起來都一樣。」
我會告訴他，
「並非家家相同。」

戰爭

以前他們給我一桿槍，
叫我刺殺，叫我射擊。
「讓他們胸口開花。
刺刀乾著進去，
濕著出來。」
目標很明確：
蘇聯韃子，美國狼，
日本鬼子，台灣匪幫。
我殺啊殺，
殺膩了。
戰爭是公共指南。

在這裡我的戰爭
是與影子搏鬥。
敵人看不見，
槍支沒有用。
那些胖嫩的小手
拎著小捆小捆的鈔票，
掐我喉嚨，拍我頭髮，
時刻要把我按倒在地，
把我變成幸福的蟲子。
一個神祕的聲音沙啞地說：
「活在肉體裡就夠了！」

我只好用歌
振奮我的士氣。

道歉

我也奇怪為什麼會說
寫自傳
浪費時間，
雖然「我」的故事
比詩集賣錢，
還會撈到一時的名氣。

請原諒，
我並不想用尖酸的言辭
來冷卻你的生日，
給這些雞和哈密瓜調味。
我並不知道你寫了一本

關於你少女時期的書。

儘管我的字歪歪倒倒，
我的筆還是忍不住
重新繪製我的方圓。
在紙上我像個自由人一樣
敢笑，敢哭，
敢伸出去摸
一隻手，一張臉，
一朵雲，或一道霹靂。

在紙上圈捕星星時
「我」應該被征服。

父親

我在好幾個人那裡尋找父親。
其中一個曾經是水手，
隨船去過很多地方，
現在寫小說。
另一個是僧侶般的詩人，
他的嗓音剛毅又柔和，
震盪出我的眼淚和歌聲。
還有一個是思想家，被迫流浪，
他的思想太尖銳了，
像剪刀清理我的腦筋……

我給他們寫了很多信，

一封回信也沒收到。
我仍然在想
是否該把他們的名字放進簡歷。
這些日子我聽見一個聲音在嘀咕，
「他們都喜歡女兒，
你最好做自己的父親吧。」

在紐約

我在金色的雨中
沿著麥迪遜大道緩步而行，
載著太多的詞語。
它們來自那一頁——
說個人對於部族
多麼不足輕重，
就像蜂窩繼續繁榮，
雖然一隻蜜蜂消失了。

這些詞語在我背上
咬啊咬啊，
直到鑽進我的骨頭裡——

我變成另一個人，
孤獨，漂泊，
不再夢想運氣
或遇到朋友。

沒有智慧像霓虹燈
和紅綠燈那樣閃亮，
但有些詞語真實得
如同錢眼，黃計程車，
和窗台上的肥鴿子。

過去

一直以為過去是自己的一部分。
就像在太陽下影子會出現。
過去無法甩掉，它的重量
必須承擔，否則我就成了另一個人。

但我看見有人把過去砌進花園，
那裡的花草總是長得時髦。
如果你未經允許進入他的園地，
他會用看門狗或槍歡迎你。

我也看見有人把過去建成一個港灣，
只要出航，他的船就平安無事——

暴風雨來了，他總可以掉頭回家。
他的航行是風箏式的歷險。

我還看見有人把過去當垃圾扔掉，
徹底埋葬，淘汰。
他給我示範——沒有過去也可以
往前走，抵達某地。

我的過去像裹屍布一樣纏著我，
但我可以把它剪開，縫一縫，
做成一雙好鞋，
穿起來跟腳。

岩石

我死後想變成一塊岩石，
丟進淺淺的河裡。
三個月後它就會
長滿青苔，屁股結實地坐進泥巴裡。
很快魚兒會游來，在溝溝
縫縫裡產卵。
不久魚仔會找些洞，
在石頭下面安身。
然後來了些烏龜，牠們喜歡
岩石肩頭後面的陰影
和在周圍游水的小鴨子的味道。
幾條蛇聞到水中的生命，

也爬過來，打洞，
練習釋放劇毒；牠們爬上岩石去
晒肚皮——
我紋絲不動。

給阿曙

今晚波士頓在下雨。
雷電隆隆，穿過春天的
樹林，屋頂一閃一閃。
我又拿出你的信，
一封封地看。
有些我已經能背了，
有幾封我讀出新意。

你最後一封信兩星期前到的，
害我病了——想家好幾天。
我夢見在哈爾濱見到你，
丁香開了，可以坐汽船

下松花江，去俄羅斯。
我們介紹自己的妻子和孩子，
因為他們沒有說過話，
只在照片上見過。
這些天我想起這個夢，
不知道何時會成真。

你建議我
先學希臘文和拉丁文，
把這些古老的聲音帶回去，
因為中國詩人耳朵長繭了，
聽了三千年
自己的聲音。
我同意，我應該回去。
生活艱苦從來不是問題，
中國人習慣了苦難。

我擔心的是政治風暴
會因幾聲咳嗽而掀起。而且
我不會被允許寫作或翻譯。
誰現在對荷馬和維吉爾感興趣？
誰敢出版他們的東西？
希臘人和羅馬人可能也是
階級敵人。如果我說
阿基里斯挑戰阿伽門農，
我不是會被指控散布西方民主麼？

你說得對，到頭來
犧牲決定一切，但怎麼區分
犧牲和自殺？
（我知道，這個問題剝奪了
提問者的尊嚴，
暴露了他的懦弱。）

看在老天的份上，我是基督徒
就好了，不必用一顆心
擁抱一個國家——無論走到哪，
我只為同一個上帝服務！

我們中國人不敬神，
把國家尊為上帝，
而它經常狂起來像條瘋狗。
我們必須把個人的悲痛
織進部族的命運中，
而部族的力量取決於消費我們
每一人。這正是為什麼
我感到用英語寫作這麼悲哀，
我愛它但不希望非得用它，
我們應該在自己的語言裡耕耘，
使它不退化，讓它光大。

我知道我用這些字母的叫喊
會加重我的「罪行」，使我離你
——我的摯友——更遠。但我不得不寫，
不得不選擇做一個好公民
還是一個好作家。在中國人看來，
兩者都選才是高尚。
這意味著犧牲個人的生命，
成全個人的文字。
犧牲，哦犧牲，只會落到
宰割有意義的作品——
它們最終有可能給我們民族帶來榮耀。

但我必須生存，作為一個寫作的人。
而且，我是個父親，想要我的孩子
比我過上更好的日子。
有一天我會回去。希望到那時
我仍可以工作，而不僅僅是

在我們的祖國火化成灰。

和你一樣，我也感到心灰意冷。
這對詩人不一定是壞事。
可怕的是，年紀漸長
仍只有年輕的激情。
今天中國的大多數作家還沒有完成
從青年到中年的過渡。
他們確實遭受過不可想像的災難，
但他們的心仍舊青嫩。
他們的聲音也許甜蜜，精細，
但很少表達現實的重量，
或發出真理和智慧的光焰。

成長就是獲取古老而有激情的心，
寫作是將文字從心裡解放出來。
（明天我會給你寄一本葉慈。）

至於米沃什，我還沒有他的新書。
我聽過他的一次朗誦，幻滅了，
就像聽其他人的朗誦一樣，
布羅茨基，施耐德，布萊。
他們的詩很優秀，但作為人，
沒有我們想像的那麼神聖。
我們以太多的西方詩人為榜樣
或師傅，他們其實是我們的幻覺。
常常在這樣的聚會上，我感到孤獨，
覺得自己和所朗讀的沒有關係。
我情願在家，讀契訶夫，
或寫封信，或學幾個單詞。

雨停了，夜晚有些
涼意，該叫醒兒子了，
以免他尿床。

明天早上我們院子裡的桃樹
一准兒開花，但
自從來到這裡，春天對我
意義不大，我耳邊常常響著
遠方的馬蹄
在柏油路上呱嗒呱嗒，
雨中，我們走在你的傘下，
談青春理想
和那個從未完成的宣言。

Ⅲ 譯自《殘骸》（二〇〇二）

葬

我們拖著一大捆
綠樹枝和泥土，
一百尺長，
二十尺寬，
用它們去堵
狐狸和獾子打的
洞穴。

大家齊聲唱，一起把
樹枝和土沿著堤壩放下去。
接著，兩條裝滿石頭的船
被鑿沉，好讓石頭壓住枝捆。

第二條船下沉時
把阿山拖進了水，
一條腿被船幫咬住。
他大聲叫，「媽呀，救命！
兄弟們，救救我！」

我們想救他——
但沒法把他拉上來。
七百人衝過來，
不敢怠慢抗洪堵洞，
把一袋袋沙子和石子扔進水裡。

就這樣，我們活埋了阿山。
一連好幾天，他的聲音
在我們腳下慘叫。

堤壩得救了。如今
幾里路的石頭覆蓋在堤上，
但每年四月
阿山的母親都會往水裡
扔餃子，
祈求魚兒別吃她兒子。

中魔

李白唱到，「黃河之水
天上來，
奔流到海不復回。」
他感慨
時間有自己的泉湧和水波，
我們每一個人在浪中
漂流，起伏，
然後消逝，被別人取代。

同江河一樣，
時間在人類的熱情與毀滅中
周而復始。

看地平線上那條沙帶，
像一條綢緞
在北風中閃動。
那就是河水，被我們拚命抬起，
囚禁於高堤下，
在我們城市上空從容地流過，
工廠日夜繁忙，
火車吹著低沉的哨子。

誰能使那條河
在雲中永久地流淌？

有朝一日它會雷電般滾落下來，
如同成千上萬瘋狂的
大象和鯨魚。
所以我們很多人活著
彷彿沒有明天。

命運

這條河是我們的詛咒，我們的脾氣。
它是神，是一條扭曲的龍
掙扎著伸向太平洋。

大禹站立在山頂上，
注視這銅色的環流和彎道，
他手掌向下，安撫水中

和我們血管中的激盪。
天空寧靜，雲彩一絲不動。
平順的年頭是幸運，

儘管從月亮上你可以看見
這條河脊背拱著，肌肉收緊，
隨時準備再一次跳起。

文字

就這樣戰爭又延續了一世紀。
蒼天下道路橫七豎八，不相連接，
三到八尺寬，
車輛無法通過；
各種錢幣瘋狂流行——
寶石，海貝，絲綢，骨頭；
文人忙於發明奇異文字，
而其他人用各自的語言
寫出蟲書，
藤書，魚書，雲書，鳥書。

秦始皇一征服各國

便立刻為貨幣、道路、
及度量衡立下標準。
大臣們紛紛稟奏，
建議固定書面文字。他們爭執不休，
文字是帝國的基礎，
混亂的官方文字會引起
歧義和騷亂。

丞相設計了一種字體
叫小篆，看起來
宏偉而簡單，
他的萬字辭典
刻在石碑上，
而其他文字一律禁止。
誰誤用就抓起來，
割面或烙臉，
送去修運河或長城。

所以今天我們寫同樣的字，
這是永恆的文字——
是語言合唱中的一種石頭樂器。
它把我們捆在一起，
使我們的歌聲及尖叫聲協調一致，
使成千上萬的方言不留史冊。

活埋

皇上終於下了聖旨——
我們開始沒收書籍，
逮捕那些詆譭皇室
借古諷今的文人。

舉國上下所有書籍一個月內
統統充公，除了農書，
占卜書，和醫書。
違者一律斬九族。

五百多文人被押到
極樂殿，由學識相當

口才相匹配的大臣們審判。
太陽從敞開的窗子裡灑進來，

我們的刀劍在陽光下閃亮。
文人們的臉唰地慘白。

他們互相指責，
耍盡花招保全自己的小命；

有的嚇得尿濕了袍子，
有一個還沒受審就閉了氣。

謝天謝地謝神的報應！
我們把四百多人拖出去，

準備扔進一個大公墓。
真過癮啊，搧他們的耳光，

用刀劍抽打他們的屁股，然後推下去。
看那些花言巧語現在還有啥用。

他們滿腦子的智慧哪去了？
在我們的鐵鍬下，在焚書的煙火中，
他們拚命喊娘，大叫「兄弟饒命」，
但任何好話都擋不住滾滾黃土。

稟奏

我們的王國被韃虜騷擾了
幾世紀，他們能夠輕易地離家，
快速地穿過我們的關防。
為何如此？顯然是
北方沒有漂亮女人，
所以那裡的男人粗糙，凶猛。

殿上，我建議給他們
千千萬萬美女。
這些女人將把蠻子
就地鎖住——男人們將會
受女人的魅力誘惑，上圈套，

而對戎馬生涯厭惡。

我們應該教他們的女人裹腳，
在草原上開服裝店。
逐漸地男人們將學會
欣賞柔美——柳腰，
百合臉，蓮花步態——
這些都會軟化他們的粗暴性格。

他們的後代將文明開化——
喜讀書而羞於槍矛。
不出三代，
他們就歸順我們。

長城上

1

我們正在爬長城
——它沿著山脈
蜿蜒，交織，向東綿延而去，
伸入黃海灣。
北邊，縷縷青煙飄動，
地平線的那一端是蒙古草原。
春天裡風吹過時，灰塵
捲起，越過長城
向南邊的內陸城市飛去。
此刻是秋天，楓葉點燃了山頂，

把浮雲烤成火炬。

嚮導，一位苗條的年輕女子，告訴我們
這是人類最大的建築，
是宇航員從月球上唯一能看見的
人造物，
花了一千三百年修成，
橫穿中國北方
一千三百里。她說，
「長城證明了中國人的勤勞，
智慧，及對和平的熱愛，
因為它是為了防禦而修建。」

在一塊方形平台上，孩子們跳舞，
揮鞭趕著想像中的馬匹。
山下陽傘盛開；
鈴聲和小販子的叫賣聲

混合著羊肉串的味道。
這裡彷彿有過一千年的和平。

2

蒙古人來了，
每人騎著八匹馬，
扛著兩支長弓，一個皮盾牌。
征服了半個歐洲後，成吉思汗
想起了南方，那裡
水美如畫，廟宇和豪宅高聳入雲。
他渴望舒適和長壽，
厭倦了在馬背上掃蕩和統治。

蒙古人沒碰這些城牆堡壘。
他們用金子買通了一個哨兵，
夜裡城門打開——
他們的馬隊洪水般湧入。

但他們不得不攻克一個個
村莊，城鎮，市，省，
才能征服整個王國。
他們花了兩代人的功夫才誘捕到
最後一個王子，將他的軍隊
和朝廷都淹死到海裡，
把稻田變為草原。

3

人們都為長城唱讚歌，
沒人提起磚頭下、岩石下、
土牆下、路面下的骷髏。
仔細聽吧，古代的勞動號子
仍響著，夾雜著汗水和痛苦，
女人蟬鳴般的尖叫，

輪子的吱吱聲，男人的呻吟——
都在風中迴響。

風還是同樣的風，
儘管土地換了主人。
恥辱和榮耀都是統治者的故事。

回家

終於可以回家了——
在前線整五年，
盼著向東行。
冷雨浸透我們的骨頭，
但胸中裝不下
興奮。是的，
為脫下軍服高興，
為活著高興。

離開你的時候，我頭髮烏黑，
現在花白稀疏了。
戰爭和苦難真是催人老啊！

我經常在夢裡看見你哭，
你的圍裙在風中飄動。

咱園子裡的西瓜
還是又大又甜麼？
你還養著那隻鸚鵡麼？
它羽毛平滑但舌頭笨拙。
我聽說鹿群踩亂了秧田，
地裡被蟲子打滿了洞。

回家的路越來越短，
我的心在顫動，兩腿沉重。
你還在等這個人麼——
你兩夜的新郎？

情侶雕塑（約西元二〇〇〇年）

偷來的片刻竟成了永恆。
他們靠著開花的牆根坐下，
她的手臂纏著他的脖子，
他擁住她的肩，
手指撫摸她的乳尖。
兩人相吻時，
他鼻子的陰影
投射到她面頰上，很快
被她的頭髮遮擋。
她低吟著，「抱住我，再緊一點！」

高牆的另一邊

女管家叫著，
讓他們去客房
生爐子，
但他們再也喚不動了，
罵也罵不開，打也打不散。

他們守在一起，
在落日裡，在月光下，
與風雨融合，
釋散著寧靜——
一把無名的鑿刀
把他倆刻進石頭。

她對姊姊說

雞，鴨，鴿子，還有
鵝——都進了前院——
一會兒我就把牠們
趕進籠子裡過夜。
我們的苘麻和果樹
高過了北邊的山頂。
你為啥不支持我的選擇？
除了衣食和安寧，
我還需要什麼？

紅柳樹，綠河灣
年年照舊，

去年春天只有小溪
移動了一點。
這裡將是
我生兒育女的地方，
別再提那個
周遊列省的男人。

後來我成了烈女

他在路邊從黑馬上跳下來，
看我
給蠶摘桑葉。

他目光火辣辣，
像豹子一樣，
但我假裝沒看見。

「你好吧？」他走過來。
我轉過身，
差點閉了氣。

我怎能不理這樣一個人，
魁梧，高貴，
明顯是官爺或武將微服出行？

（成親三天後
我丈夫就離開，
去魏國做官。

七年了，
他從未捎回一個字，
我過得像寡婦。）

那人走近了，
拍拍我肩，然後
拉起我的綢腰帶。

「放開！」我低聲叫著，

害怕
他會扯開我的裙子。
「不，我不，」他笑道。
「我從山頂上看見你，
像隻大天鵝。」

他拿出幾塊銀子，
放進
我掛在樹枝上的籃子裡。

「明天下午我來
看你，」他說。
「一定在這兒等我。」

他跳上馬，奔遠了。
不知怎的，他看上去面熟，

但我拿不準是否見過他。

我趕緊收拾東西
回村去了，
打算第二天待在家裡。

就在我家前門
我看見那匹黑馬
拴在我丈夫種的柳樹上。

我一下快暈了過去，
那不是我的男人麼！我怎能踏進
那個不再一樣的屋子？

我擼下手鐲，放進籃子裡，
起身
向林子裡的水潭跑去。

淨身

兩碗黃酒灌下後，
我醉得像稀泥。
父親和大伯脫光我的褲子，
把我綁在桌子上，
在我的雞雞上抹膏藥。
父親舉起牛耳刀
一刀割掉我的雞雞和蛋蛋。
我尖叫起來，但嗓子啞了，
心在喉嚨裡又蹦又跳，
四肢抽筋，手上濕漉漉的
全是血。我死了就好！

快暈過去時聽見父親說，
「快，快，把油準備好。」
廚房裡，紅母雞在咯咯叫，
又下了個雙黃蛋。

他們把一支鵝毛
插進我的尿管，讓我小便。
我躺了一個月，
脊梁骨被打碎了一樣。
他們每隔一天在我大腿之間
換一次炭灰和泥土。
胡椒，白臘，芝麻油
敷在我傷口上，
讓它潰爛，
叫新肉長出來。
每次他們給我換藥，
我都大哭大叫，

疼得死去活來。
頭一百天裡
不讓結疤，
直到傷口快要長好。

父親把我的雞雞用油炸了，
包在一張蠟紙裡，
裝進一個漆盒，
放在屋頂的梁上。
他用這個辦法
祈求我在宮裡高升。

上星期一位老太監說，
我那九歲的雞雞
只能在墳墓裡跟我「會面」。

枷鎖頌

崇高的頸箍，神聖的木頭和鐵，
你對我們的肉體沒有一點欲望。
你繞在脖子上的木板和鏈子
使我們想起命令和規矩
是多麼的不可通融。
如果你把我們釘在地上，
你不用殘暴的武力，
而用水澆灌草的
耐心。

你多麼無情，
使犯人的手夠不到臉，

讓那張臉變成蛆蟲的
遊樂場。你使巨人
變成一個依賴者，
依賴任何可以往他嘴裡放一撮飯
或者把水瓢舉到他嘴邊的人。
你使人舌齒尖利，
眼睛潮濕，使億萬顆心
起雞皮疙瘩。

祖師祖爺，美德衛士，
你教會了我們脊梁彎曲
和膝蓋發抖之優美。
就連我們的精卵都學會
怎樣生出馴服的子孫，
別提我們的靈魂了，永遠都
隨時擁抱公共優雅。

遠征

大太監又一次出發，
率領六十三條船
和兩萬八千人下太平洋，
「向天底下所有小國
展示我們的輝煌和氣勢。」
寶艦上裝滿了
陶瓷，絲綢，銀子，金子，
以便他用來為朝廷
買稀世珍寶，
作為諸侯國的「進貢」。
他們駛到北澳洲，爪哇島，
蘇門達臘島，暹羅，錫蘭，

甚至進入阿拉伯海及波斯灣，
然後向南轉，比葡萄牙人
早半個世紀到達非州東部。

每到一處拋下石錨，
高大的太監都會向當地人保證，
他不要貿易，
不要殖民，不要土地，不要物質獲取。
他只要買些貢品，
以讓他們承認我們強大。
十來個王國立刻接受條件，
向北平送他們的
「貢品」，我們的帝國版面
每年春天擴張，除了
巴鄰邦和錫蘭之外，
他們的國王拒絕了我們，宣稱
他們很快就要獨立；

但這兩個刁頑之徒
被抓住，帶到大明國，
親自向我們皇上施禮。

爾後，幾個儒家大臣責備皇上
不該沉溺於
這種昂貴的虛名追逐。
沒等再次出海，大太監被責令
將艦隊永久擱淺。
朝廷的副丞相甚至燒掉了
所有地圖和航海日誌，說這些東西
邪惡。「番貨，不真實。」

他們誰也沒有料到，
歐洲的大小船隊
會劈開印度洋，
撬開我們的海岸線。

禮儀

天上只有一個太陽，
地上也應只有一個皇帝。
那些洋蠻人真蠢，
竟敢聲稱與我們同等。
喬治王在信中稱我們皇上
「我親愛的兄弟」，還要求在我們首都
建一個領事館和五個貿易港口。
更可氣的是他手下那位麥卡尼，
拒絕給天子磕頭，
說什麼英格蘭不同於高棉或緬甸，
是西方的第一君主國，
所以它的使節應該受到特殊待遇。

他拒絕在皇上面前
雙膝下跪，宣稱他只在上帝
或女人面前那樣做。他提議
親吻皇上的手，單腿跪下。
這絕對不行——
沒有人可以破壞禮儀，
觸碰龍體。

麥卡尼沒有像其他諸國使節那樣
雙腿下跪三次，
在殿上磕頭，
所以他一無所獲地滾回去了，
只帶了一封
皇上寫給喬治王的信。信上說：
「朕注意到你們尊貴使節的
愚昧和粗魯，
但考慮到你們只是世界上

廢墟角落的一個小國，
朕原諒他，原諒你，以及英格蘭。」

其實，麥卡尼抵達之前，
這封信就寫好了。

鴉片癮

十一袋菸之後，
傻笑在他臉上綻開，
他又變得渾身懶洋洋的。
身下光禿禿的石板
比羽絨還軟和，
他輕飄飄地飛到了雲端。

穿過彩虹，他看見閃光的宮殿，
一千艘船載著他的士兵，
馬隊在他的指揮下
衝鋒陷陣，他的將軍
都身為雄獅和猛虎。

他只需靜靜躺在這髒兮兮的
菸館裡，就能喚來這些榮耀，
忘了身邊其他的
「骷髏」，和那些
存在房後停屍間裡的人。

裹在天堂裡，
他聽不見十幾歲女兒的
哭喊，女兒被送進窯子裡，
當回四十大洋。
再過幾個鐘頭他又會
像中了邪的蟲子一樣打滾。

慈禧太后的諭旨

去年夏天那些海上的蠻子們
想進北海，
但一眨眼的工夫
他們的船就沉了，
上千具屍體漂在水裡
餵魚。
我以為這個教訓會使他們
更識時務，
沒想到他們今年又來了，
人數更多，更囂張。

他們趁著退潮，

在北塘登陸，
然後進攻大沽炮台。
同真的蠻子一樣，他們
只從後面接近炮台。
我們的士兵通常只和敵人
正面交鋒，
沒有料到這樣的背信棄義。

這種勝仗本應是恥辱，
他們卻倍受鼓舞，
轉而攻占了天津。
我怒氣衝天，
要把他們統統除掉。

聽著，我命令所有臣民——
滿人，漢人，蒙古人——
像追殺野獸一樣幹掉他們。

那些可憐蟲靠近時
讓村莊荒廢；
在他們要喝水的井裡
下毒；
不等他們下手
就先把莊稼燒光；
所有他們急於搶占的東西，
全部毀掉。

這樣他們就會不消自滅，
如同油鍋裡的蝦仁。

出發

鐘聲浩蕩，
火在搪瓷盆裡劈啪作響。
三百人在神殿前集合，
舉著戟、矛、鍬、叉。
有幾個人在當地神像前
跪下，這位神是三代前的
一個人，帶領當地人們
把日本海盜
趕回了太平洋。
白旗子在風中飄揚，
飄在他們剃得光禿禿的頭上，
風中混雜著栗子和牛肉的味道。

一位老村長對著一個年輕人
赤裸的胸膛放了一空槍，
然後宣布他們都是神兵神將，
皮膚可以抵擋任何外國子彈。
的確，年輕人胸前沒有傷痕，
只有乳頭上一個黑點。
一位道教長老走到前面宣告，
一千一百萬軍隊
將會從天而降。
是時候了，該把外國鬼子趕出去，
收復華夏的主權和領土。

他們出發了，唱著：
「還我河山，
還我金銀。
我們敢上刀山，

敢下火海，
哪怕皇上服了外，
不滅洋鬟子誓不休。」

他們衝到附近的
教堂，將基督教徒們
斬首，如同砍落紅罌粟。

鬼辯

在我們歷史書上，我是個罪犯，
英國艦隊靠岸時我沒有
堅守廣州，而受到譴責。
但我也沒有安撫敵人，
我拒絕了他們的再三要求。
在他們眼裡我是個玩笑
和怪物，歐洲報紙
把我稱為野蠻的總督。

他們攻打城市時我沒有抵抗，
所以他們輕而易舉就得逞了。
他們在高地上等著我

去投降，但我沒有露面。
他們等不下去了，就掃蕩街道，
城區，輪船，寺廟，
最後從一個律師樓裡
把我拖到他們的旗艦上。

我以為會被當場槍斃，
但他們說沒那麼便宜。
他們把我運到加爾各答，
在那裡的地窖裡
我死於水腫和思鄉病。
謝天謝地，他們沒有更往西
把我運到歐洲去。

未來的孩子們，記住
我是個冤死鬼。
不錯，我消極以待，

但我還能做什麼來讓城市
免受洗劫？
有辦法止住他們的戰艦嗎？
最好是虛張聲勢，以使
朝廷不至於怪我
不抵抗敵軍，
不至於在我死後滅絕九族。

我確實是個膽小鬼，
光榮和勇敢都不過是虛影。
未來的孩子們，記住，
我是自個兒一人死的——
不像那些英雄和將軍，我沒有
把別人帶到陰間。

啟程

他們把行李放進船艙，
到船頭匯集，
等待他們的有酒和熏鴨。

三十二個學生即將飄洋
過海，這是朝廷的首批留學生。
他們中有未來的武器專家，
冶金專家，政治家，
律師，建築師，和哲學家。

空氣中瀰漫著煤炭的味道，
紫褐色的雲彩掛在岸邊，

海鷗滑翔，
幾隻海燕在煙霧中輕鳴。

他們一起乾杯，
發誓刻苦鑽研，精通
西方的所有知識，
以便祖國不需再派年輕人
留洋深造。

他們的眼淚灑在風中。
誰也不知道
這僅僅是開始——
他們的後代將飄過
同一個海洋。

Ⅳ 譯自《自由生活》（二〇〇七）

啟示

突然，他看見母親醜陋的臉，
看慣了她微笑三十年。

突然，他聽見母親野獸般的吼叫聲，
還記得她所有的搖籃曲。

突然，他發現母親的祕密膳房，
裡面裝滿了人的血肉。

第一次他嚐到憤怒的眼淚，
痛恨她仍然叫他的乳名。

不久他去了一個遙遠的地方，
在那裡過起隱沒的日子。

合同

很久前他們許給我一份合同，
讓我感到富裕，勇敢。
我發誓以忠貞回報，
一心去效勞和讚美。
我是個正常的孩子，知道
什麼該愛什麼該恨。

長大後我得到了合同。
裡面是整個國家的地圖，
沒有提到錢或財產，
但保證給我一個幸福的未來。
我知道沒有人值得我羨慕，

也沒有別的東西能讓我成功。

我把合同帶到另一個國家，
交給一個國際銀行。
人們縮頭縮腦，竊竊私語。
一個大塊頭男人打著嗝對我說，
「先生，這玩意兒啥都不是。」
我忍住眼淚，嘀咕了一聲「謝謝」。

祖國

你在行囊裡裝了一包土，
那是祖國的一部分。你對朋友說，
「過幾年我會回來，像一頭獅子。
沒有其他地方可以稱之為家，
無論走到哪裡我都會帶著祖國。
我會讓孩子說咱們的語言，
記住咱們的歷史，遵守咱們的習俗。
放心吧，你會看到這個由忠誠
鑄就的人，從別的土地上
帶回禮物和知識。」

你回不去了。

看，大門在你背後關上。
對於一個從不缺少公民的國家，
你同其他人一樣，可有可無。
你將徹夜難眠，
困惑不解，想家，默默哭泣。
是的，忠誠是一個騙局，
如果只有一方有誠意。
你將別無選擇，只好加入難民
的行列，改換護照。

最終你會明白：
生兒育女的地方才是你的國家，
建築家園的土地才是你的祖國。

哀憫

我可憐那些崇拜成功和權力之徒。
他們懦弱時就關閉邊界，
強壯時就擴張。
他們讓一個獨眼王領著
跌跌撞撞地過河，他們被告知
摸著水下的石頭
可以直接走到對岸。

我可憐那些智慧的世俗之流。
青年人死去他們十分鎮靜，
老年人斷氣他們就會崩潰，
他們搥胸頓足，哭天喊地，

彷彿願意去陪死。
在他們眼裡生命是循環的，
所以解決危機的策略是等待，
等待命運之輪的轉動。
他們喜歡說，「歷史
將會自己理清自己。」

我可憐那些熱衷於安全和統一之輩。
他們滿足於生活在地窖，
在那裡飯菜飲料都是現成的。
他們的肺不用於呼吸新鮮空氣，
他們的眼睛在陽光下模糊不清。
他們相信最糟糕的活法
也勝過及時的死亡。
他們的天堂是一桌宴席。
他們的贖救取決於一個強權者。

春天

傍晚前，一群鳥兒唱個不停，
搖動著一條載滿希望的小船，
船早就被遺忘，但仍漂泊在港灣裡。
如果你心裡充滿遠行的
渴望，現在是時候了。
你必須一個人出發——
別指望有什麼旅伴，除了星星。

黃昏裡，一大片金色的雲彩在翻滾，
預示著一個遙遠卻可盼的豐收。
也許你的靈魂忽然被一個旋律
揪緊，這旋律使你想起

一個未實現的承諾，
或一段只綻放在心中的愛情，
或一所房子，建了一半，
又放棄了……

如果你要歌唱，
就放聲唱吧。
讓悲痛激昂你的歌。

變化

你沒有來。我獨自在那裡
看濕淋淋的蜻蜓
緊偎著你架子下的葡萄，
聽一支竹笛
在關閉的花圃那邊顫音低迴。

我站在雨中，對風
吟唱，讓仍穿梭在
朦朧夜色中的翅膀
把我的歌帶走。
我看見歌詞落在一個山坡上，
那裡草和樹木正在枯萎。

一次又一次
你那扇小門開了又闔，
彷彿在說「走開」。

後來，我以為
戒了愛情，厭惡一切，
我就會停止歌唱。
然而詞語列成行，紛紛而至，
但我在歌裡聽見一個
不同的音調。

最後一課

你在電話上告訴我
渡船又取消了。
這一次船長沒有抓住一個乘客，
自己卻被打得鼻青臉腫。
船真的快散架了，
停在港灣緊急修理。

沙灘上，我的影子伸長了一倍。
剛買的救生圈躺在旁邊，
在下午的陽光裡扁了一半。
我獨自坐在蘋果箱上，
看一群孩子

在淺水區悶水，
比誰憋氣憋得最長。

傻瓜！為什麼要主動
教你游泳？
我自己都難以掙扎出
你隨意攪起的漩渦。

愛情鳥

我真想是一隻鳥，
　關在你的愛巢裡。
你叫我麻雀但更喜歡
　老鷹或鴿子。

你把我從舒適的屋簷下噓走，
　讓我使用翅膀。
我又急又怕，連哭帶喊。
你只說了聲「可憐蟲」。

穿過海洋和大陸，
　我飛行著，與風搏鬥。

因想家，心裡常常
　為有強壯寬大的翅膀而遺憾。
我失去了麻雀的旋律，
　找不到你的屋子。
許多次你看見我，
　以為我在雲裡出生。

石榴

再下一場雨它們就會裂開——
齜牙咧嘴，在曾經
擋住它們面頰的
密葉之間微笑。
我將為這些石榴拍張照片，
給你——只給你
一個人看。你和別人一樣
多麼饞這些
果實，卻忽略了

鮮紅的花朵
曾被蟲子和風傷害。
你無法想像

有些花朵會結出
這麼沉甸甸的驕傲。
告訴你吧，它們真酸。

一九八七年一月的告別

「上車！」列車乘務員喊道。
父親抱著我三歲的兒子
送我去另一個大陸。

「濤濤，再見。」我揮揮手，
但孩子不說話，
繃起臉盯著我，

他的眼淚流了下來。
多希望能帶他一起走！
車輪嘶嘶響，就要

轉動了。「不要再見，」
他終於哭喊出聲，「媽媽，不要再見。」
我強裝笑臉，轉身爬上

門梯，被痛苦刺穿。
村子的月台開始後退，
模糊起來，消失在平原。

自那時起，他的眼淚與我的交織，
常常浸透我的惡夢，
儘管他八九年又與我團圓。

我發誓絕不再
與兒子告別，直到
他從派克芙高中畢業。

毛驢

媽媽，你還記得那天下午
倒在街上的毛驢嗎？
還記得車翻了，車輪仍在轉動，

海蚌和蛤蜊一堆堆地散了滿地嗎？
他躺在溝裡，肚子冒汗，
喘著氣，血從嘴裡流出。

那個趕車的老獨眼龍踢他一腳，
吼道：「起來，你這畜牲！」
只有長耳朵動了一下，好像說「我在盡力。」

我敢發誓，他累得站不起來了，
不像馬那樣會偷懶，
他太虛弱了，不可能裝病。

媽媽，我仍然看見海鮮堆成的山，
那個車把式站在上面啪啪地抽鞭子。

我的鴿子

一整夜我都聽到鴿子咕咕叫，
告訴我有一場暴風雪在聚集。
他們曾是白花花的羽毛
變灰了，凌亂脫落，但飛起來時，
十一年前我繫在他們腿上的銅哨
依然發出清亮的響音。

他們凍得發抖。
短短的尖嘴失去了玉般的剔透，
比以前更加脆弱。

誰現在餵養他們？他們的窩建在

誰家的屋簷下？他們還去楊樹林裡
找蟲子嗎？那些貓
還襲擊他們，偷他們的小鴿子嗎？

一次又一次，他們好像在哭喊，
「武男，武男，回來把我們領走吧。」
他們使我的早晨變得幽藍，
比冷冰冰的傍晚還要藍。

一整天我看見他們翅膀的
影子飛來飛去——
穿過我的草坪，沿著柏油路滑行，
在餐廳的牆壁上往來，
晃動廚房的地板，圍著鍋台盤旋……

土撥鼠的時辰

土撥鼠進到我家院子時
房子裡的噪音全都靜止了。
我不敢抬高嗓門
告訴廚房裡的家人
來了一位小訪客，
一位穿棕色外套的胖傢伙。
如果聽到這裡有任何動靜，
他就會搖著肥屁股跑掉。

他用後腿站起來，
狗熊一樣的腦袋下兩手抱拳，
左邊瞧瞧再右邊瞅瞅，好像要確定

沒有被自己的影子跟著。
然後他在草地上蹓蹓躂躂，
品嚐我們的三葉草和紫苜蓿，
或逮住一隻昆蟲或蝸牛。
他從不像表兄弟松鼠那樣上竄下跳。

我怎樣讓他明白他總受歡迎呢？
他是一個謙卑的客人，完全不知道
我們以他的名字為節日慶祝一天。
我把臉從窗口挪開，
好讓他安靜地飽餐一頓，
或讓他沐個日光浴，
就像他經常在自己家裡那樣。

每當他來到這裡，
我的冬天便縮短，綠了起來。

公鴨

哦，什麼王八蛋把線和鉤子
拋進了湖裡？
沒逮著魚卻把我鉤住啦，
割裂了我的舌頭，扭傷了我的翅膀。
我那群鴨子都以為我完蛋了，
把我拋棄在岸上等死。
我知道他們在爭奪我的王位，
他們在林子裡尖叫——
嘎嘎，咯咯，呱呱。

哦，連上帝都得孤獨地死去，
我不會抱怨或哭泣，

儘管我心裡悶痛，
被麻木的睡眠緊緊箍住。
我必須像蚯蚓一樣沉默，
像樹木一樣厚實。
但願我能夠再次起來游水，
再次指揮我的部下——
嘎嘎，咯咯，呱呱。

哦，我怎樣謝武家才能謝夠？
他們剪斷線，拔出鉤，
清洗掉我傷口裡的蛆，
甚至給我吃了片藥，
才把我放回到湖裡。
現在我要重新加入我的部落，
幹掉新的首領。
首先他們應該知道我還活著——
嘎嘎，咯咯，呱呱。

武男

——愛幻想的丈夫

我夢想成為悠閒的武男，
日曆上每天都是空白一片。
別怪我如果我就是這麼個懶漢——

一心做球迷，什麼也不幹，
從銀行取現款等於上班。
我夢想成為悠閒的武男。

科學家、藝術家、政治家都在忙亂，
而我全由好運照管。
別罵我如果我就是這麼個懶漢。

麻煩總會找上門如果事事盤算，
正面攻擊，又從兩側進犯。
我夢想成為悠閒的武男。

早上我吃火腿煎蛋；
天氣好就去江邊轉轉。
別掐我如果我就是這麼個懶漢！

時間會把一切碾成一團。
何必為金錢、權力、名利、地位而拚命幹？
我夢想成為悠閒的武男，
別殺我如果我就是這麼個懶漢！

父親的藍調

再一次，我又回到了原地，
每一條街上都寫著「死胡同」。
我曾以為那還未出生的女兒
會為我指明出路。

再一次，我又回到了原地，
面對空空的院子，這裡以前有過一座房子。
孩子曾是我的期盼，我迷失在其中。
多希望我擺脫了自私的家長欲。

再一次，我又回到了原地，
抱著小小的棺木，無法埋葬。

孩子的肺還沒長好就死去了。
真想知道他們把她扔到了哪裡。

再一次，我又回到了原地，
在這裡，一個男子漢必須獨自重新開始。
不要讓我看見女兒閃動的脈搏，
讓我在自己的靈魂中找到里程碑。

母親的藍調

昨夜我又抱著小寶寶了。
她蹺曲在我身邊說，
「媽咪，你的床真舒服。
外面好冷，
我害怕。」

「孩子，別怕。」
我拍拍她柔滑的頭髮。

她又說，「媽咪，
我不會把你的床弄濕的。」
我說，「別傻了——

你太小，還不會尿尿呢。」
醒來後發現她的小棺材貼著我的臉，
裡面還放著小棉被和小褥子。
哦，真想能夠再懷著她。

今天早晨我又看見了小寶寶，
她在涼台上學走路，
一次又一次從玻璃門
往家裡看，嘴裡咿咿呀呀。

家庭作業

他的鉛筆下出現了一片領土。
他說，「我在畫一個國家。」

很快，畫面上綻放出許多色彩。
藍色的海灣沿著冰川的肩頭
彎成一隻馬蹄。
下面，群山蜿蜒，
在雨林中呈現一片綠色。
再往下，他畫了些礦山：
鋁，銀，銅，鈦，
鐵，金，鈾，鎢，鋅。
河流分支旁的兩個油田

被一座叫「樂趣」的山脈隔開。
南邊，一個平原延伸到
一大片肥沃的土地，
他用蠟筆畫了些農場，那裡盛產橘子，
馬鈴薯，蘋果，草莓，
小麥，花椰菜，櫻桃，西葫蘆，
家禽，牛肉，羊肉，乳酪。
（沒有魚類，
因為他討厭海鮮。）

在同一張地圖上他繪了一個圖表——
陸地上鐵路縱橫；
高速公路、輸油管、河渠
連貫交錯；海上航道彎曲
入洋，機場高舉起
空中的網路。
他還劃分了五個時區。

在孩子眼裡，國家是一個
沒有導彈和艦隊的
地方。他不知道
如何行使權力
去發放簽證或下達密令，
或像打彈弓一樣發射核彈。

她的夢想

是沒有責任，
生為家中老么，
被父母寵愛，被
哥哥姊姊關懷，然後
嫁一個脾氣溫和的人，
由他去操所有的心——錢，
生意，家務事，及當地政府。

但她生為老大，
不得不照顧弟弟妹妹，
為鴨子和鵝割草，
在山谷裡拾柴，

走好幾里路去村裡買東西。
如果母親被病人耽擱了，
她還得做晚飯。

和許多同輩的女人一樣，
她不記得有什麼愉快的
童年趣事。但她打定主意
給孩子們一個充滿愛的家，
使他們不至於大驚小怪——
如果有人悄悄對他們說「我愛你」。

遲到的愛

多少年來我四處流浪，
像一隻風箏，從你手上掙脫
那根靈活的線。
無數次我的翅膀折斷，
被雨水浸蝕，被風吹垮。

然而，我仍然直衝浮雲，
尋找一個面孔，以把我腦海中的火花
變成燦爛的詩行。
我懷著一顆沸騰的心在空中
飛翔，追逐一片壯美的迷霧。

此刻，我在你腳下，
滿腔熱情所剩無餘，
翅膀已經斷裂，
嘴裡吐不盡悔意，
字句含混不清。

我想說的是，「親愛的，
我回來了。」

身分

他們指的是去年五月
我寄回家的照片。
照片裡我皮帶上掛著手機，
在醫院樓前靠著一輛
生了鏽的雪佛萊。
他們在信裡說，我兩個弟弟
都在上海有了高薪工作——
一個在外資銀行當顧問，
另一個在足球隊做經理。
「他們都和你一樣帶著手機，
但還沒有買車。」

我父母忘了，我帶手機
是因為在醫院裡做清潔工……
廁所需要清洗時好隨叫隨到。

自戒

你所有的痛苦都是想像的，
你所有的損失都不值一提，
只要你記住那些日常所見——
農民在春天吃樹葉和樹皮，
工人為了長薪水而宴請老闆，
警察圍捕拒絕搬遷的村民，
女人生了第一胎就被結紮，
新婚夫婦在牛棚裡建新房，
信徒們被逮捕，如果不反悔
就只給吃腐爛食物——
相比之下，你的不幸全是虛構。

在美國你可以說話，可以喊叫，
儘管你得找到獨特的聲音及合適的聽眾。
你可以出售時間，誠實地換取麵包，
你可以吃剩飯仍夢想富裕和強壯，
你可以盡情哀嘆自己的損失，
即使沒有聽眾也可以講給孩子們聽，
你可以學會借債，並慢慢習慣於
生活在債務的陰影下……
然而，你的悲哀別人也曾
感同身受——愛爾蘭人，非洲人，
義大利人，斯堪地那維亞人，加勒比海人。
你的困境再普通不過，
是幸運，許多人求之不得。

移民之夢

她也在美國出賣時間。
她的夢想已演變成一棟房子，
兩英畝地，再加一個游泳池。
她曾想做一名歌唱家，
或電影明星，或者是
精於竹子和魚的畫家。
但她放棄了藝術學校，
到這裡來自我發展。
至少她打算這麼做。

他不知道她實際上
是一個母親和妻子，

一個喜歡漢堡和薯條的女人。
的確，美元能擺平多數生命。
他真希望再回到二十歲，
或停止用戰戰兢兢的音步和韻律
來修補他的夢想。

天堂
——給迪克

每一個宗教都許諾獨特的天堂，
那裡沒有疾病，年老，疼痛，或死亡。
在佛教淨土真宗裡，天堂據說在
西邊的某個地方，
如果你行善，每天背誦阿彌陀佛，
從不殺生，就可以到達那裡。
你會在拱形的蒼穹裡再生，
不是透過痙攣的子宮，
而是透過荷花——這樣出生
可以使你不再輪迴到地球上的凡胎。
一旦在淨土安身，

你將不會遭受寒冷或炎熱；
你會得到漂亮的衣服
和美食，隨時都有，總是熱呼呼的。
那裡將不會有憤怒，貪婪，
嫉妒，無知，懶惰，或爭鬥。
那裡珠寶燦爛，
聳立著瑪瑙建成的塔，鑽石砌成的宮殿。
掛滿各種翡翠的巨大樹木上
花果纍纍，長年新鮮。
碩大的荷花四處飄香。
鑲嵌了七種寶石的水池裡
裝滿了最純淨的水，自動調節
每一個沐浴者所需要的深淺和溫度。
你的腳下伸展著玉石鋪成的路面。
天空日夜降落著花朵，
被金、銀、珍珠織成的網遮蓋。
空氣中飄著天籟之音和芳香。

更別提與觀音和菩薩同在。

肉身俗胎，飽受牽掛折磨，
我怎能不讚嘆這些美妙的東西？
我怎能不想修行
以進入這絢麗的地方？

然而，厭倦了旅行，被塵網糾纏，
我將祈求全能的至上：
讓我死後成為地球上的一棵樹吧，
一棵每年夏天開花結果的樹。

讚歌

對，讚美——讓我來想想某個人，
他在受苦受難時，仍然把幸福
視為與生具有的權力；
他找不到遺失的手套時，
會想起那些沒有手的人；
他照看自己的上帝，
卻不對他人的上帝皺眉頭；
他剛輸了一場比賽，
仍準備向打敗自己的對手敬禮；
他在喧嚷的街頭，還能夠聽見
遠山中的鳥鳴；
他既合群，

又不被群憤擾動；
他愛國，但從不讓這種愛
超過對一個女人和孩子們的愛；
他對災難和勝利同等地接受，
與它們誰也不調和；
他把豪華轎車只看作是交通工具，
宮殿不過是個住宅而已；
他同權貴喝咖啡時，
也能毫不猶豫地走出門，
呼吸一口新鮮空氣。

交鋒

你被自己的愚蠢誤導，
一心去步康拉德
和納博科夫的後塵。你忘了
他們是歐洲白人。
記住你的黃皮膚
和那點才分——不可能
讓你大器晚成。
幹嘛相信你可以用英文寫詩？
英語的樂感對你並非自然。

你背叛了我們的人民，
用拼音文字塗塗寫寫，

你蔑視我們古老的文字——
漢字堅如時間之河中的岩石，
抵制垃圾語言的潮汐。
你沉溺於仇恨，
誤把消遣當成所愛。

即使你走運，某一天
在洋鬼子的廟裡坐上一把交椅，
你真以為他們會
因你寫出好詩而接受你？
小心啊——他們中有些人耍過無賴，
會稱你為精明的支那佬。

◆

看在上帝的份上，放鬆些吧，
別沒完沒了地談論種族與忠誠。
忠誠是條雙向街，

為什麼不談談國家怎樣背叛個人？
為什麼不譴責那些
把我們的母語鑄成鎖鏈的人？
這條鎖鏈把所有不同方言
禁錮在執政的機器上。
是的，我們的語言曾經像條河，
但現已萎縮成一個人工池塘，
你被困在其中，半死不活，
像寵物一樣去服從和取悅。
所以我寧可在英語的鹹水裡
以自己的速度爬行。
至於廟裡的鬼神，
為什麼我要在意他們接不接受？
黎明的曙光不歧視。
樹木、蝴蝶、或小溪
（不像被人類傳染的狗）
不會注意你的膚色。

用這個語言寫作，意味著孤獨，
意味著生存在邊緣，在那裡
讓孤單成熟為清寂。

另一個國度

你必須去一個沒有邊界的國家，
在那裡用文字的花環
編織你的家園。
那裡有寬大的樹葉遮住熟悉的面孔，
它們不會再因為風吹雨打而改變。
沒有早晨或夜晚，
沒有歡樂的叫喊或痛苦的呻吟，
每一個峽谷都沐浴著寧靜的光輝。

你必須去那裡，悄悄地出發，
把你仍然珍惜的東西留在身後。
當你踏入那個領域，
一路鮮花將在你腳下綻開。

附錄

訪談哈金
——關於詩歌創作

明迪：你的第一首英語詩〈死兵的獨白〉發表在紐約的《巴黎評論》上，第一本英語詩集《沉默之間》（*Between Silences*）一九九〇年由芝加哥大學出版社出版，這在中國留學生中是非常少見的，能否請你談談當時的情形，為什麼寫詩？為何發表和出版都那麼順利？

哈金：一九八六年秋季我的導師法蘭克・畢達（Frank Bidart）教詩歌寫作，我當時是二年級文學研究生，不允許正式修這門課，所以我就旁聽，但必須交作業。〈死兵的獨白〉是我交的第一篇作業，法蘭克很喜歡，就興沖沖地給他的朋友在電話上讀了。他那位朋友當時是《巴黎評論》的詩歌編輯，就接受了。但那是在電話上接受的，得署上個名字，法蘭克問我要用什麼名字。我不願意讓別人知道我在寫東西，就問「哈金」怎麼樣，他說聽起來很好，很簡潔。從那時起我就開始用這個筆名。後來法蘭克和我的另一位也是詩人的導師——艾倫・葛羅思曼（Allen Grossman）——鼓勵我繼續寫詩。一九八八年夏季我在工廠裡做看守，有時間，就寫了《沉默之間》。艾倫非常喜歡。那年秋季，有幾家出版社拒絕了這本詩集，但最後被芝加哥大學出版社接受了。當時我並沒有很在意，覺得這只是一個「插曲」，因為我打算將來回國，用漢語寫作。

明迪：你覺得用母語和非母語寫詩有什麼區別？

哈金：一開始我有點初生牛犢不怕虎，覺得用英語寫詩不太難，但後來知道了，用英語寫詩非常難，尤其是對聲的把握。在這方面，英詩是非常講究的，比漢詩講究得多。其實小說也是如此，一個句子好壞，往往要看聽起來怎樣。這不是能從書本上學來的。

明迪：你的詩很有節奏感。不過我有個問題，太注重音樂性，太流暢了，是否會使一首詩沒有陌生感，反而趨於平淡？

哈金：這是最難的——怎樣找到自己獨特的音樂。你看英語中的大詩人，只要拿出一行詩，讀者一般就知道是誰的。所以這不是流暢的問題，而是詩人怎樣獲得自己特性的問題，一個終極性的問題。我在英詩裡沒走多遠，但知道這個問題；這些年來我大部分精力都用到小說上了。英語中沒有非母語的大詩人，這是非母語作家寫作的極限，但願將來有人衝破這個極限。

明迪：但你起步不凡，三本詩集各具特色，可惜沒有繼續走下去，或者立刻改用中文寫。你把詩歌的音樂性和個人的獨特聲音並置，這點很有趣，「聲」在於你似乎是個整體，比如你在《自由生活》的詩歌筆記中談到，詩歌的聽者確定後，能幫助詩人決定音量和音調，也可以幫助讀者弄清是誰在和誰說話。我們先分開來看一下，你早期的英語詩歌創作有一個很明確的目的，就是為中國弱勢群體發聲，而第二本詩集《面對陰影》（*Facing Shadows*）卻是你自己的聲音，你在〈文學代言人及其部族〉這篇長文裡詳細談到了這個變化，但很多讀者沒有機會看到這篇文章，請你再簡單談一下。

哈金：天安門事件後我漸漸意識到得用英語長期寫下去，但我也覺得自己太天真，以前沒意識到代言人的角色有多麼沉重。所以第二本詩集就變得比較個人化，更有抒情的強度，詩也更簡練些。

明迪：我覺得不僅僅是寫作方式和角度有變化，對主題挖掘也更深一些，而且語調很感人。《沉默之間》裡不同人物的獨白我都很欣賞，但我沒有太多個人感悟，而《面對陰影》引起很大共鳴，你在美國的奮鬥經歷、對生活的感恩、對舊友的情誼、以及對童年的記憶，讀了很感動，從技巧上來說也很受啟發。第三本詩集《殘骸》（*Wreckage*）像一部史詩，從各種不同的個體角度看中國歷史，既有縱向的磅礴氣勢，又有橫向的細緻深刻，你花了多長時間完成這部詩集？

哈金：這本詩集斷斷續續用了大約三年。你說得對，《面對陰影》裡面的詩更像我自己的，跟自己個人的經歷比較密切。

明迪：在《殘骸》中，你以抒情筆調寫華夏史，從大禹治水一直寫到清末中國第一批留學生出洋，從遠古神話故事到真實歷史事件加上個人命運，是否以《荷馬史詩》為目標？

哈金：跟荷馬沒關係。這本書完全是個人的心理需要，覺得要跟中國在感情上梳理一下，以繼續將來的寫作。用了三年寫完後，心裡平靜了許多，好像了結了一件心事。

明迪：這個說法很有意思，是梳理還是疏離？兼而有之吧。《殘骸》裡的獨白很具有震撼力，細節處理很老練，有些出人意料之處，你一定下了不少功夫。後來為歌劇《秦始皇》寫歌詞有什麼感想？

哈金：當然，這些詩寫完了，感情就疏離了許多，因為有了個交代。歌劇不一樣，是大家一起做的，大概像製作電影，我只是一個工作人員，很多東西都不是我說要加就能加，我說要減就能減。這是為什麼在歌劇沒上演之前我就說以後不再介入歌劇了。包括電影，《自由生活》的電影合同在最後一刻我沒簽，因為得介入太多。我要集中精力把南京大屠殺的長篇完成。不過，跟譚盾、張藝謀、多明哥一起工作那段時間，我也很受啟發，從來沒見過有人像那些藝術家、音樂家那麼高興地工作。能夠每天興高采烈地從事自己的工作是人生最大快樂之一。還有，那段經歷讓我寫出了〈作曲家和他的鸚鵡〉。這個故事是我的下一本短篇小說集《落地》中最好的故事之一。

明迪：《落地》已有兩篇的中文翻譯在台灣《印刻》雜誌上發表了。二〇〇二年《耶魯書評》對你做訪談時說你在詩歌、長篇小說和短篇上都很有成就，並問你更喜歡哪一項寫作，你當時說最喜歡寫短篇小說，現在呢？

哈金：短篇對我來說比較適應，寫不好就扔掉，再來。也不需要很多靈感，只要堅持下去，兩、三年就可以寫一本。但長篇是衡量小說家能力的主要標準，契訶夫一直要寫長篇，只寫出了《決鬥》；魯迅也要寫長篇，但力不從心，沒寫出來。所以，如果體力和精力允許，小說家應盡力寫長篇。

明迪：在談及小說創作時，你常常提到「文學傳統」，那麼在詩歌創作上你受哪些詩人的影響？你是學英美文學的，專攻詩歌，畢業論文是關於現代派詩人龐德（Ezra Pound）、艾略特、葉慈，你還談到過奧登（Wystan Hugh Auden）和哈代（Thomas Hardy）等詩人，撇開學術文章，從你個人的詩學成長來說，受哪些詩人影響最大？

哈金：我受唐詩宋詞影響很大，特別是在情致上。英詩方面，對我影響比較大的是喬治・赫伯特（George Herbert）和哈代。當然葉慈和奧登的影響也有，但他們的聲音太強大，所以我總是自覺地保持距離。艾略特的《四個四重奏》很偉大，我從中學到很多，主要是寫作的基本原理。

明迪：你讀的《四個四重奏》是原文，你覺得讀中文譯本的讀者有什麼損失？

哈金：我讀的是原文，沒看過中文的譯文，很難比較。

明迪：我也沒讀過譯本。你以前談到過喬治・赫伯特和鄧・約翰（John Donne）等玄學派詩人對十九至二十世紀英美詩人的影響，看來你吸取詩歌營養是直追現當代詩人的源頭，正如在小說創作上你繞開美國當代小說家而以十九世紀歐洲文學為精神食糧。但你的詩歌並沒有宗教情懷，也不追求以機巧取勝，你受喬治・赫伯特的影響主要在哪方面？

哈金：赫伯特有種音樂的莊重感，許多現當代的英美詩人都受到他的影響，比如伊莉莎白・畢肖普（Elizabeth Bishop）。這種影響是骨子裡的。還有，他的富有內斂性的勇猛，表面上很溫和，但內在感情和思想卻非常激烈。

明迪：畢肖普早期在詩藝上受他影響很大。她抒情上的節制、表達上的內斂使她有別於同時代的「自白」詩人。回到你的詩歌上，你的英詩語言上有很強的音樂性，這在漢語翻譯中很難表現出來，所以剛才請你多談一下喬治・赫伯特對你的影響。其他英美詩人的影子都比較明顯，哈代的悲觀和戲劇性反射最強，在營造意境和用詞簡練這些方面也有中國古典詩詞影響的痕跡，總之，三本詩集中風格變化很大，你做了很多不同的探索和嘗試。找到了自己的聲音。其實，讀了你的〈父親〉這首詩就不應該再問這類問題，「這些日子我聽見一個聲音在嘀咕，／『他們都喜歡女兒，／你最好做自己的父親吧。』」雖然是句玩笑話，卻也是個淺顯的道理，不管受誰的影響或者模仿過誰，最終還得走自己的路，是這個意思吧？

哈金：那是一方面。另一方面是，在西方亞裔男作家比亞裔女作家更難生存。我認識一位母親是韓國人的男作家，他寫了一本回憶錄，但出版商逼他改成小說出版，因為沒有人對亞裔男人的自傳感興趣。所以，最好自己做自己的導師。

明迪：談談你與中國當代詩人的交流。你有一首〈給阿曙〉的詩是寫給大學同學張曙光的，請你談一下大學時代的詩歌創作好嗎？大學之前有沒有寫詩？換句話說，什麼時候開始寫詩的？來美國之後有沒有和國內詩人交流？你對中國當代詩歌現狀關不關心？有什麼具體發現或感觸？

哈金：在黑龍江大學讀書時，有個大路文學社，我參加了，但跟別人來往不多，只跟張曙光、李慶西等來往多些。應該說我是上大學時開始寫詩的，寫了很多，沒發表過，後來都扔掉了。曙光比我認真，一開始就要成為詩人，所以他反對我去讀研究生。來美國後我們一直保持聯繫，也討論過一些有關詩歌的問題，比如詩的敘事性和戲劇化的問題，那是我們在九〇年代初所關心的問題。我也跟蕭開愚有聯繫，是曙光介紹的。〈給阿曙〉是為《面對陰影》那本詩集量體裁衣做的，書的尾部應該有一首較長的詩，所以我就用羅馬詩人霍拉斯（Horace）那樣的書信體寫了那首詩。

明迪：你從布蘭戴斯大學畢業後，到波士頓大學讀文學創作班，二〇〇二年又回到波大教文學創作，請你介紹一下這個寫作坊以及英語系裡的情況，有不少人都很羨慕你，同事中有索爾・貝婁（Saul Bellow）和沃爾科特（Derek Walcott），以及當代詩人露易斯・格里克（Louise Elizabeth Gluck）和羅伯特・品斯基（Robert Pinsky）。索爾・貝婁在世時你們有文學上的交往嗎？你和沃爾科特共用一個辦公室的時候，除了今天天氣哈哈之外還聊什麼別的？換句話說，你這個人好不好相處？（呵呵）

哈金：貝婁去世前不教創作，所以沒什麼來往。沃爾克特退休前住在紐約，每隔一週來一次，見面基本上是打哈哈，他總說他要寫小說掙錢，還說中國請他去，但他不去，因為光出他的書，但見不到版稅。那都是玩笑。露易絲・格里克和羅伯特・品斯基都住在波士頓，見面多些，更像朋友。當然，他們比我大一輩，我很尊重他們，特別是格里克，她是偉大的詩人。

明迪：請你談談對她的具體印象和對她詩歌的直觀感受，你喜歡她的早期作品還是現在的作品？當代美國詩人還有哪些你比較欣賞也請一起談談。

哈金：我更喜歡她的早期作品。她的詩表面上很輕靈，但骨子裡卻非常暗淡、沉重、尖銳，是黑色抒情詩。我也很喜歡C. K.威廉姆斯（Charles Kenneth Williams）和理查・威爾伯（Richard Wilbur）。

明迪：格里克喜歡用神話，但處理方式有些變化。這些優秀詩人都在大學教詩歌創作，給人印象是現在詩人都產生於學院，或只有學院詩人受到重視，即便是西部森林的原生態詩人施耐德（Gary Snycler）也被加州大學大衛斯分校聘去教詩歌創作，那麼學院外的詩人要得到承認是不是很難？

哈金：對詩人來說，教書是非常好的職業，一般來說只要出一兩本書，就能找到教職，所以學院外的詩人多是不喜歡教書的人，他們可以做別的工作。校園內和校園外的詩人並不對立，有的詩人根本就不願教書，例如李立揚（Lee Li-Young）和大衛・村井（David Mura）。如果非要劃分，只能說出了書和沒出書之分。沒出書的到哪裡都難，但一旦出了本像樣的詩集，機會還是有的。當然出書是非常難的，所以詩人們往往形成圈子，互相幫助，當然也會排擠別人。

明迪：《多維時報》記者洪浩在對你做專訪時曾特意從紐約趕到波士頓去聽你上課，而我更想知道你在艾默里大學教詩歌創作的情況。你教了九年的詩歌創作、六年的小說創作，你更喜歡教哪門課？同中國的文學創作課比較，美國的課程有什麼特點？有哪些方面值得中國借鑑？

哈金：我比較喜歡教詩歌寫作，但波士頓大學有許多優秀的詩人，而且近年來我主要寫小說，所以我在這裡只教小說創作，教中、長篇小說寫作，除了上課討論外，要指導每個學生寫出一篇中篇小說，或一部分長篇的章節來，所以很累。據我所知，中國的大學並不教創作課，所以很難比較。以前歐洲也沒有寫作坊，現在英、法、德各國都陸續有了。我接觸過一些歐洲作家，他們都認為就技巧來說，美國的青年作家比歐洲的青年作家從整體上看要高出一籌，因為有寫作坊的訓練，美國青年作家個個都齊刷刷的，而歐洲的青年作家則高低不平。但這並不是說學到了技巧就會成為作家。

明迪：但如果本身就有天賦的話，透過寫作坊的技巧訓練，以及這個資歷，起碼可以節省時間、少走彎路，是吧？

哈金：那當然。就是沒有天賦的，起碼會曉得小說是怎樣一步一步做出來的。所以，即使很多人沒成為作家，他們也不後悔在寫作坊待了一、兩年。再說，大部分寫作坊都有獎學金，學生並不花自己的錢。

明迪：你同時還教文學課，文學課比創作課輕鬆多了吧？如果可以選擇，你願意放棄教書、專職寫作嗎？

哈金：其實文學課也很累，一門課要讀十二、三本小說。如果可以選擇，我當然願意專職寫作，但在美國很少有嚴肅的作家能做到這點。我寧願教書也不願受圖書市場的控制。如果沒有固定的收入，就得看出版商的臉色，想辦法賣書。

明迪：你在小說《自由生活》後面附了二十五首詩，是故意比帕斯捷爾納克的《齊瓦哥醫生》多一首嗎？

哈金：是故意比他多一首。《自由生活》裡的詩是人物化後的詩，完全是為武男寫的。那些詩要比《齊瓦哥醫生》裡的詩遜色，因為武男並不是成功的詩人，但就小說整體而論，《自由生活》不比《齊瓦哥醫生》遜色。這本書要看英語才能看出它的特色，時間會證明我的判斷是對的。

明迪：「我是個稱職的戀人，／不靠讚美，／仍可以創造出驕傲」，有這種自信就不在乎別人怎樣評價。羅伯特・品斯基很有眼光，他的評語是：「（《自由生活》）改變了文學體裁，敘述在親切的家常話基調上展開，之後才意識到這是一部史詩。」有沒有人專門評論附錄中的詩？

哈金：沒見過。大部分小說家不知道怎樣評論詩。品斯基明白這本書是美國移民文學的集大成之作，在美國移民文學史上有它的位置。

明迪：加上小說裡面的兩首，總共二十七首，看得出來這些詩是根據小說人物和故事情節發展而寫的，是武男的詩，但其中有兩首是你自己的聲音，〈天堂〉和〈交鋒〉，這兩首放得開，很灑脫，一氣呵成。納博科夫也是先寫詩後寫小說，但很少看到他的詩，他在小說上的成就太大了，連英語母語小說家都受他影響，包括約翰・厄普代克，是嗎？

哈金：納博科夫是偉大的風格家，受許多英美作家的推崇，包括厄普代克，但我看不出納博科夫對他在寫作上有直接的影響。納博科夫喜歡放焰火——總是星光四射。《羅麗塔》給他帶來了名聲和財富，就是在整個西方也很少有作家能夠把家安在瑞士的一家豪華旅館裡。所以，對他的推崇多少帶有浪漫色彩，大家崇拜他那種不依靠集體、家世、和國家的精神。當然，他能用三種語言寫作，這也是別人可望不可即的。

明迪：《自由生活》野心太大，恐怕讓別的詩人小說家看了心裡發堵。不少人都很欣賞你那篇〈為外語腔調辯護〉長文，很遺憾厄普代克去世了，否則不知是否會有類似於納博科夫與愛德蒙・威爾遜（Edmurd Wilson）之間那種辯論式的文學博弈？

哈金：不會的。他那麼大年紀，能認真讀這本書還寫了評論，我很感激。我也知道，厄普代克有種習慣——每當一部重要小說出現時他常常在《紐約客》上發些微詞，比如茹斯・菊帕瓦拉（Ruth Prawer）的《熱與塵》和奈波爾的《大河灣》。寫完他的兔子系列後，他就沒能再寫出舉足輕重的作品，所以他跟羅斯（Philip Roth）、德里羅（Don DeLillo）、麥卡錫（Cormac McCarthy）等同輩的作家比起來，不很順利。

明迪：很多人說《自由生活》是你的精神自傳，其實也有很多人在書中的廚師詩人武男身上看到自己的影子。你有沒有打算以後用中文寫詩？

哈金：我在想是否用中文寫詩，但還沒下決心。

明迪：這同樣需要勇氣，當初你決定用英語寫作就很有勇氣，你在〈感激——在現代語言協會大會上〉這首詩裡寫到：「只有懦夫才不得不吃祖先的骨灰／滋養的莊稼，／而我們的身體可以肥沃／任何土地。」用現在的話來說，牛！

哈金：想用中文寫東西是不願切斷跟中文的聯繫。我說那話是指自己不應該靠國家和集體來生存，也不應該搞什麼傳播中國文化。我不想吃祖先留下的遺產，作家應當創造文化。

明迪：你在〈黎明前〉一詩裡寫到：「這些年我在紙上爬行，／拖著文字的鐐銬」，如果文字是創造文化的一種工具，用非母語創作是否是戴著加重的鐐銬？

哈金：各種各樣的侷限總是有的，而且越來越大。這就是為什麼納博科夫說用英語寫作是他個人的悲劇，我也有同感。但這不該成為不努力的藉口。納博科夫有好幾回累倒了，直接被拉到醫院去。康拉德有一次對另一位作家說，他在十一年裡寫了十二本書，不記得曾有過十分鐘的娛樂。我們往往光看到他們的榮耀，而沒看見他們的辛苦。

明迪：你也很辛苦啊，畢業至今已出十二本書了。你在詩裡常提到「另一個人」，用英語寫作是否使你覺得變成了「另一個自己」？

哈金：是的，是一個更富有潛力的自己。

明迪：你以前說寫小說可以將一些問題理出個頭緒來，這次又說寫詩也是如此。除了這個「梳理／疏離情感」的功能之外，寫詩對你意味著什麼？

哈金：寫詩的最基本動機是要成為該語言的一部分，但這是很艱難的，往往要靠運氣。其實，作家的貢獻有各種各樣，不必非是語言上的。比如，我正在寫一部南京大屠殺的長篇小說。

明迪：《自由生活》後面的詩歌日記中也談到這個問題，我開始有點驚訝，對我來說寫作是自救，從沒想過要成為某個語言的一部分，我只能說武男的眼界高。你的小說創作和你的三本詩集似乎走的是同一條線路：從中國故事到個人故事再到歷史。而這三個階段你在詩歌創作上早就完成了，《沉默之間》出版於一九九〇年，《面對陰影》出版於一九九六年，《殘骸》出版於二〇〇一年，但這三本詩集都還沒有被譯成漢語。

哈金：二〇〇四年與上海文藝出版社簽的五本書合同，其中一本是詩選，後來不了了之，對方告訴我我的書除了《等待》之外都被禁了，所以我就沒動手翻譯自己的英詩。

明迪：無論是用母語還是非母語創作，「成為該語言的一部分」是很牛的抱負。一九九一年你在波大旁聽時，萊斯利・艾普斯坦（Leslie Epstein）就發現你不僅僅是寫故事，而是會給文學做出貢獻，這位伯樂寫了九部小說了，但中國讀者不大了解，他父親和雙胞胎叔叔因《北非諜影》電影劇本而得過奧斯卡最佳劇本獎。你早年的詩歌導師法蘭克・畢達也幾乎不被中國詩人所知，能否介紹一下他？

哈金：他的詩，本質是語氣，他把戲劇獨白體發揮到極致。他跟羅伯特・洛威爾（Robert Traill Spence Lowell）一起工作了許多年，洛威爾的最後兩本詩集是他編輯的。在美國詩歌界法蘭克・畢達被認為是最優秀的詩歌編輯。詩人們中流傳著這樣一句話：「如果法蘭克說完成了，這本集子就完成了。」

明迪：畢肖普和洛威爾的通信集裡提到過他。他的詩天馬行空，我基本上讀不懂。今年四月《洛杉磯時報》授予他最佳詩歌獎，他以前得過史蒂文生獎、博林根獎等一系列詩歌獎，足見很牛，而且他還是這麼好的詩歌編輯。無論是詩集還是一首詩，要達到「完成了」（finished）很不容易，你在教詩歌創作時是怎樣要求學生的？暫不說詩集，就說一首詩吧，你給學生怎樣分析一首詩是否寫完了？從哪些方面判斷？

哈金：法蘭克不對學生說那些，因為本科生中很少有人能完成一首詩。我跟他是一種私下的工作關係，每週見一次面。「完成」完全憑直覺，一種訓練出來的直覺。如果硬要用語言來表達，只能說再也找不出毛病了。很少有學生能完成一首詩的，而且他們認為完成了，並不等於完成了，很難也沒有必要非得說服他們。老師必須尊重學生的意願，因為他們是作者，可以聽你的意見也可以不聽。等他們發展到一定程度，他們的「完成」感也將有所增進。

明迪：《自由生活》裡有一首詩〈最後一課〉，我很喜歡，但你說沒有「完成」，為什麼？

哈金：總覺得那是武男的習作，還是單薄了些。

明迪：另一方面，你又說一首詩不能寫得太滿，要有呼吸的空間。怎樣平衡「太滿」和「未完成」？

哈金：這只能因詩而異，原則上是應該給讀者留有想像的空間。至於「完成」，主要是說內容的所有潛在和語言上的挖掘。法蘭克常說：hammer the line，錘打每一行。

明迪：你有一些詩看起來像純粹的場景描寫，比如〈半夜〉就像小說或電影中的一個鏡頭，看似白描，卻又有神祕感，好像背後有很多故事，而你並沒有敘述出來，給想像提供了很大的延伸空間，你寫這首詩或這類詩有什麼特定目的？看起來不像有什麼要傾訴，好像是為自己寫的，不需要讀者，或者不需要別人去理解。我在讀的時候是一種純語言享受，雖然也琢磨你為什麼寫，但背景和含義並不重要了。

哈金：你說得對。再者，當這樣一首詩放在別的詩之間，它會給整個書增加色彩。

明迪：關於詩歌創作成為該語言的一部分，有件事不知你聽說了沒有，已經舉行了四屆的全美高中生詩歌朗誦比賽上，被指定朗誦的作品有拜倫的〈她走在美的光影裡〉，莎士比亞的〈可否將你同夏天相比？〉，狄金生的〈希望是有羽毛的東西〉，佛羅斯特（Robert Frost）的〈雪夜在林邊停留〉等，還有你的〈談話方式〉。

哈金：我知道有很多學校教我的詩，但沒聽說過這件事，謝謝你告訴我。

明迪：〈談話方式〉發表在《詩》（*Poetry*）月刊上，最後一句很早就被人評價過，「即便是草莓地裡的冰雹」，這一句連美國詩人都覺得牛，我忘了是誰寫的評論。你如果不寫小說，詩歌會引起更多注意。

哈金：我沒見過那樣的評論，不過我認為如果海明威和福克納光寫詩，他們定會成為偉大的詩人。我們可以想像他們如果把用在小說上的勞動量用在詩歌上，那會是怎樣的輝煌。但寫小說會使作家更自立，我是說包括在藝術上不依靠群體和圈子。

明迪：所謂圈子就是氣味相投的朋友吧，創作還得靠自己，都很孤獨。再回到「聲」的話題，你在一篇文章裡提到：「詩歌語言的本質是聲。聲是無法翻譯的，它也容納著感情和意義，是詩歌語言中最有感染力的成分。」詩歌翻譯大多停留在意義和意象的語言轉換上，包括我自己的翻譯練習，在語調和語氣的處理上也把握不夠。翻譯是一門遺憾藝術，流失的都是金子。

哈金：這也是我很少翻譯詩的原因。

明迪：那麼對於從事詩歌翻譯的人，你有什麼建議？

哈金：這很難說了，除了對原作的充分理解之外，主要是要在漢語上體現出詩意，這往往依賴翻譯家個人的天分。

明迪：有的詩可譯度高，有的詩原創性很強，翻譯起來十分難，那些僅能在原文中體會到的妙處無法轉換到目標語中，讀到這樣的詩讓我想起你在上面說的，「寫詩的最基本動機是要成為該語言的一部分」。成為該語言的一部分就是像艾略特那樣在表達方式和技巧上更新詩歌語言，這又讓我聯想到你提倡的「偉大小說」之概念，你認為現代漢語中有沒有「偉大詩歌」？

哈金：當然有，比如戴望舒的一些詩。可惜他英年早逝，留下的詩太少了。

明迪：他們那一代詩人都很有造詣，通曉幾門外語，左手寫詩，右手翻譯，有些還用第三隻手從事文藝批評。你也寫文學評論，你怎樣看待寫作和評論之間的關係？

哈金：現在的文學評論跟那時候的不一樣，要想寫好一篇評論是很難的，得瞭解一些批評理論，還要細讀文本。創作跟批評不一樣，是原創，這就是為什麼美國最大的批評家之一崔靈（Lionel Trilling）後悔沒有繼續像索爾・貝婁那樣一直寫小說。從一開始我的導師格魯斯曼就對我說，「對你來說，創作永遠是第一位的。」

明迪：回到漢詩上，自白話文運動以來，漢語新詩發展到現在，你認為從哪些方面可以或者應該創新？題材上還是形式上？

哈金：兩方面都有很大的創新空間，但最主要應該是語言上的。

明迪：你在《自由生活》的詩歌筆記中談到英語吸收外來營養的問題，那麼漢語詩歌吸收外來營養是否「去漢語化」？有一種看法是，外來語和外國詩歌對漢語新詩的影響有積極正面的作用，豐富了漢語詩歌和漢語語言。另一種看法是，漢語新詩是西化的產物，漢語詩歌需要純正化、漢語化。你怎樣看待這個問題？

哈金：其實，漢語中很多詞來自日語和英語。豐富漢語不是說要把它搞得西化，而是說要挖掘並擴展它的潛力，特別是語句和節奏方面的。我的感覺是漢語是伸縮力非常大的語言，根本不怕被別的語言侵害。只有與別的語言不斷互動，吸取各種能量，才能發展得更強大。強調「純漢語化」只是強調詩歌的一種功能，就是穩定語言，但詩歌還有另一種功能，即發展語言。兩者都不可缺。阿什貝利（John Ashbery）的一些詩首先是用法語寫的，然後用英語重寫，這造就了他與眾不同的語言。中國文學吃虧就吃虧在不能與別的文學直接從語言上互動，從來沒像歐洲的主要語言那樣很容易地就把臨近語言中的新鮮能量吸取過來。這種許多世紀的關閉狀態使中國文學缺乏活力，死水一潭，也難在世界上找到位置。

二〇〇九年七月二十六至八月十五日

敘事與獨白

——《錯過的時光：哈金詩選》譯後記兼哈金詩歌述評

明迪

《哈金詩選》初稿於二〇〇九年完成之後，收到過一些回饋意見，其中大陸詩人陳均先生發現「哈金的跨文化寫作對於新詩概念以及傳統的中國現當代文學史（概念）是一種突破和質疑，認真思考起來具有挑戰性。」「哈金的詩歌寫作與八〇年代以來的漢語新詩發展有著獨特的關聯和呼應。」[1]他提議進行探討與比較，鼓勵我從翻譯角度寫點文字供研究者參考，並召集了其他幾位詩人一起做了兩萬字的筆談。但一年多來關於哈金詩歌的筆談一直沒有機會發表，詩選集也一直沒有機會正式出版。感謝台灣聯經出版公司慧眼，詩選集現在終於能付諸於紙面。藉《錯過的時光：哈金詩選》出版之際，譯者補充完成了這篇譯後記，但願能為兩岸新詩研究者提供一點材料。

1 所有無出處的引言，均引自私人交流信件。本文受大陸詩人陳均、冷霜、孫文波等人的啟發而完成。

翻譯背景

二〇〇八年六月初，哈金小說《自由生活》中的二十七首詩翻譯完之後（平均一天譯一首），我寄給中國大陸詩人蔣浩、秦曉宇、程小蓓、孫文波、臧棣等，他們提出了一些建設性意見。當時時間很緊，匆匆忙忙交了稿，台灣時報文化出版公司付印之後我又修改過兩次。與此同時，收到哈金先生的《面對陰影》，我很喜歡這本詩集，挑出幾首翻譯成中文，並寫了隨感一同寄給專欄的編輯，之後收到一些讀者反應，印象最深的一條是，「讀過哈金所有的小說，但不知道他還寫詩。」於是我想翻譯一本《哈金詩選》。徵求哈金許可時，他說：「謝謝妳為我做一件我一直想做但沒有時間做的事。」收到《沉默之間》和《殘骸》之後，我從三本詩集中挑選出具有代表性的詩，匯集成八十首：《沉默之間》十一首，《面對陰影》二十首，《殘骸》二十首，《自由生活》二十七首。哈金先生做了校對，並提出了修改意見。

二〇〇九年中國大陸詩人蔣浩將《哈金詩選》收入《新詩叢刊》第十三集，使中文譯本在大陸能見天日。但譯本比較粗糙，後來又做修改潤色，還是覺得太拘泥於原文，許多閃光之處在漢語中顯得黯淡，只有期待以後出現更好的中文譯本。

在此期間發生了一件有趣的事情：我無意中得知〈給阿曙〉（也可譯為〈致阿曙〉）一詩中的阿曙（張曙光）是詩人孫文波和程小蓓多年的好友，蔣浩常提起蕭開愚，而哈金與大學同學張曙光一直有聯繫，並通過他認識了蕭開愚（二〇〇一年夏天哈金在劉麗安家裡見到張曙光、蕭開愚還有朱永良）。本來很大的世界，竟然會這麼小，而我從中發現一個更有趣的現象，那就是一直在中國當代詩歌中「缺席」的哈金，原來與大陸詩人和漢語詩歌有著獨特的關係。哈金在訪談中提到在黑龍江大學讀書時他在英語系，張曙光在中文系，他參加校園的「大路文學社」之後與張曙光、李慶西以及曹長青來往較多。與同一年代的詩人遭遇一樣，八〇年代湧入中國的西方文學作品對他影響和衝擊很大，[2]一九八二年他考上山東大學美國文學所的研究生。哈金在念本科和研究生期間（一九七八—一九八五）寫過一些漢語詩，沒有發表，到美國後與張曙光保持通信聯繫，九〇年代初期他們所關心的問題是詩歌的敘事性和戲劇性。最近讀到張曙光的一篇訪談，[3]他提到九〇年代的重要民刊《九十年代》是在哈金協助下啟動的。孫文波說《九十年代》第一期上登載有哈金的詩。之後，哈金沒有繼續參與，只保持了私人通信，詩歌創作持續到本世紀，在美國出版了三本詩集和一個小詩集：

《沉默之間》（*Between Silences*）：一九九〇年

《面對陰影》（*Facing Shadows*）：一九九六年

《殘骸》（*Wreckage*）：二〇〇一年

《自由生活》（*A Free Life*）（小說後附有小詩集）：二〇〇七年

2 參見哈金英文文章〈抵達〉（Arrival），《華盛頓郵報》，二〇〇八年七月十三日。

3《記憶與心靈——張曙光訪談，張偉棟》，《中國詩人》二〇〇九年第一卷，頁二二—三三。

中國大陸八〇年代以後盛行的敘事風格，及物寫作，戲劇獨白等等，也在哈金詩中呈現，但我手頭漢語詩歌文本有限，無法比較，只能將哈金英文詩集的概貌簡單介紹一下，待有心人去做深入研究。這次聯經版補充了一首哈金先生以前未收入英文詩集的一首詩——〈錯過的時光〉，作為卷首詩。詩人在各種熱鬧的詩歌浪潮中缺席也好，錯過也好，時間會為其文本留下一筆歷史印記。

早在我之前，黃燦然先生和趙毅衡先生就翻譯過幾首哈金的詩，有興趣研究哈金詩歌的人士不妨找來對比閱讀，可惜我手頭沒有。另外，哈金文論集《在他鄉寫作》[4]對瞭解哈金的寫作經歷、詩歌觀念、審美標準，以及心路歷程都具有重要的參考價值。

《沉默之間》（一九九〇）

《沉默之間：來自中國的聲音》收錄了三十九首詩，第一首〈死兵的獨白〉置前，後面三十八首分為四個部分，除了第一首標明寫於一九八六年，其他均未註明寫作年代，在一九九〇年結集出版之前，大多發表於詩歌刊物上，序言寫於一九八八年，鑑於出版週期，這三十九首詩應該都寫於一九八六至一九八八年之間。

這本詩集的特點是，幾乎每一首詩都有「事件」發生，有敘述有獨白，有各種人稱的轉換，有矛盾有衝突，連標題都富有故事性，比如〈一位營長向祕書抱怨〉、〈英雄母親怪罪女兒〉、〈一位編輯在魚鋪裡碰見前女友〉。如書名的副標題所示「來自中國的聲音」，每首詩背後的聲音來自中國六〇至七〇年代的各個階層，第一人稱的「我」不斷變換，有時是母親，或女工，或女知青；有時是小學生，或紅衛兵，或老教授，有時是哈金自己（起碼與他當兵的經歷很相似）。序言裡引用了魯迅一段話的英譯，還原成中文是「沉默呵，沉默呵！不在沉默中爆發，就在沉默中滅亡。」哈金在沉默之間為美國讀者描繪的是一幅幅中國文革時期的切面圖畫，他的兩位導師為其背書，做出了很高評價。艾倫・葛羅思曼說「哈金具有獨特的簡練、美妙、漫畫式的詩歌語言」，法蘭克・畢達稱哈金的語言「具有可觸性、滲透性和神祕性」。這兩位都是知名詩人，後者還是羅伯特・洛威爾的詩歌編輯。

哈金在談到詩歌影響時提到杜甫，佛羅斯特、奧登、葉慈、艾略特，哈代、喬治・赫伯特，他欣賞的詩人中有戴望舒，馬克・斯特蘭德，安德里安・里奇、羅伯特・克瑞里、C.K.威廉姆斯、理查・威爾伯，他過去的導師法蘭克・畢達，他的同事露易斯・格里克等等。也就是說，他的詩歌寫作受兩個傳統的影響。那麼在他的第一本詩集裡我們看到哪些影子呢？羅伯特・克瑞里的簡練在他這裡更多的是體現在精神上而非形式上。「戲劇獨白」是這本詩集裡最突出的特點，感覺是從哈代那裡承傳的，但他說是從喬治・赫伯特那裡學的，條條大路通羅馬，我們來具體看看第一首：

〈死兵的獨白〉（The Dead Soldier's Talk）（省略）

4 哈金（Jin Ha）著，明迪譯，《在他鄉寫作》（*The Writer as Migrant*）（台北：聯經出版公司，二〇一〇）。

我基本上是一路直譯下來，只有幾處例外，比如第一行「I'm tired of lying here.」意思是「我厭倦於躺在這裡」，但這樣的中文太書面語，字裡行間的含義是躺在這裡太久了，厭倦了，「累」是不言而喻的，「我在這裡躺累了」從風格和語調上都比較吻合原詩。第二行「The mountain and the river are not bad.」我修改了不下二十遍，這一行很搶眼，有明顯的諷喻味道，到今天我還想還原到最初的譯文，「山不錯，水不錯」，或者「山好，水好」，我曾改為「山水仁慈」，主要是根據上下文以及求得與「遺棄」和「孤獨」的反襯效果，詞義的演變過程是這樣的：not bad（不壞）=good（好），good=nice（好），nice=kind（善良），但最後發現沒有哈金先生所注重的「用簡單文字來突出聲音之美」，於是又改回成「山好，水好」。倒數第四行「你每次哭鼻子」，原文是「you poured tears every time.」。「poured tears」直譯是「撒眼淚」，或者「潑眼淚」。「潑」「pour」同音，我幾乎想用「潑眼淚」，但覺得還是「哭鼻子」更自然，與這首詩的整個語調更一致。

〈死兵的獨白〉是哈金到美國的第二年旁聽他導師法蘭克・畢達所開的寫作課時為了交作業而寫下的第一首英文詩，詩人畢達很喜歡，在電話上唸給紐約《巴黎評論》（*Paris Review*）的詩歌編輯Jonathan Galassi聽，對方一聽也很喜歡，於是發表，於是「哈金」筆名誕生。[5]為什麼一個外國學生寫的詩會受到美國詩人的喜愛？為什麼名刊編輯一聽就接受，並登載於當年（一九八六）的冬季號上（總第一〇一期）？除了題材新鮮以外，畢達作為有經驗的詩歌老師和詩歌編輯，從這首詩中發現了哈金觀察事物的敏銳和對語言的敏感。我不知道別人讀漢語翻譯時有什麼想法，我在讀英語原文的第一瞬間就被「故事」情景、語言和語調吸引，想讀下去，一口氣讀完後非常喜歡結尾：

Damn you, why don't you open your mouth?
Something must have happened.
What? Why don't you tell me!

這三行是很常見的用語，既不是粗魯的街頭罵語，也不是過於文雅的書面語，介於中間，關鍵是，普通語言放在這裡發生了神奇的效應，一個「Damn you」（詛咒語）把前面細緻到近乎累贅而又必不可少的鋪墊推向了高潮，而漢語「該死的」更是達到意想不到的效果，這個士兵「該死」嗎？

在這本「獨白」詩集裡，第一首的聲音竟然來自墓地，一個死去的士兵在講述自己的孤獨，同活著的親人（可能是弟弟）對話。墓地一定離家很遠，六年來沒有別人去過，他躺在墳墓裡掛念家人，掛念毛主席，掛念他救起的老主席塑像。哈金完全是用白描的手法寫這一事件，沒有直接表達自己的感覺或看法，但就是這種「白描」把這個士兵寫活了，細節非常生動，結尾充滿戲劇性，明明是他

---

5 文中大部分哈金的個人信息來自美國詩人及翻譯艾略特・溫伯格（Eliot Weinberger）對哈金所做的訪談，題為「巨大的變化」，二〇〇五年四月十七日，美國筆會／紐約國際文學節。哈金談到自己從來不喜歡英語，曾經是英語系慢班的差學生，愛上文學、走上寫作道路完全出於偶然，溫伯格驚訝於他的坦誠，調侃道：一般訪談會問「你從什麼時候開始寫作？」，對你卻應該問「你從什麼時候開始閱讀」。言外之意，想不到你從爬開始，現在竟然會飛了。溫伯格對於哈金第一首英語詩發表於《巴黎評論》雜誌更表示驚訝。

（士兵）死了無法開口，他卻怪罪親人為什麼不開口跟他說話，為什麼哭，他「察覺」到肯定發生了什麼事情。「什麼？為什麼不告訴我？」這裡我們可以理解為士兵終於明白發生了什麼事，連他自己都對自己的行為（為救毛主席塑像而犧牲生命）感到震驚，也可以理解為六年後世上發生了變化，他只能從對方的沉默中猜測，一個「什麼？」（What?），充滿了懸念。

「獨白」可以追溯到莎士比亞，喬叟，甚至古希臘戲劇，將小說和戲劇元素運用於詩歌創作中，哈金不是第一個，也不是最後一個，羅伯特・勃朗寧（Robert Browning）曾在運用這一技巧上登峰造極，勃朗寧同時代以及後來的英美詩人很多都採用過這種「戲劇獨白」的手法，丁尼生（Alfred Tennyson）、哈代、龐德、T. S.艾略特、奧登、佛羅斯特、普拉斯、貝里曼、阿什貝利等等，現代派挖出了赫伯特，哈金研究現代派，也研究赫伯特，所以也可以說他是從赫伯特那裡承傳的。美國《詩歌》月刊做過一個統計，共發表過一百七十一首「戲劇獨白」詩。以這種方式寫詩集的人現在還有，去年美國有一本獲獎詩集也是由一首首獨白組成，由於正在翻譯中，暫且不表。哈金在英語詩歌傳統下寫了一首中國詩，充滿中國詞彙，「同志」、「紙錢」、「迷信」、「語錄」，而且直譯中文的「紅寶書」、「萬壽無疆」、「以我為榜樣」、「開口（說話）」，而不套用英語裡現成的相應詞語（比如 Bible, longevity, take me as a role model, say something），對美國詩人來說實在是太新鮮了，可想而知他們當時見了之後為什麼會大為叫好。二十年後讀哈金這首詩仍然覺得妙，語言簡練、清晰、生動（完全是用活了！），句子有節奏、有韻律、有動感（豈止是一般的動感），字裡行間埋有許多伏筆，言簡意賅，讓人想笑，又想哭。哈金的詩，不直接批判什麼，而是讓事件本身說話，讓語言和表達方式展現主題，詩中大寫的He（他）指「偉大領袖」，而英語裡只有「上帝」才在句子中間也用大寫。

簡裝本的封面上是一個頭戴五角星帽、身穿軍裝的士兵，手裡捧著一本紅（red）寶（treasure）書（book）（這樣的直譯在詩集裡比比皆是，哈金無疑豐富了英語詞彙！），面部被割去了，旁邊是「A Voice from China」（來自中國的聲音）。也就是說，我能聽到這個士兵的聲音，卻看不見他的面部表情。開始我覺得讀這樣的詩我無法走進說話人的內心世界，但哈金要的就是這樣的效果，他不讓你看表情，只讓你仔細聽，而且讓你以一個旁聽者的身分去客觀地聽，客觀地感受。

這本詩集最顯著的一點是，哈金不僅僅反空洞抒情，還故意疏離與讀者的情感交流。幾乎每一首詩都有一個預設的聽眾，這些「獨白」不是面對讀者而白，讀者只是旁聽，甚至「偷聽」。比如〈死兵的獨白〉有豐富的家庭細節，作為讀者的我只是偷聽到死兵的獨白（或與家人的單方對話）。從頭到尾讀完這本詩集後，我覺得一直是局外人，吸引我的是敘事中的故事和場景，詩的布局和結構，語言的音樂性。哈金當時有兩位詩人導師，艾倫・葛羅思曼和法蘭克・畢達，前者重理性，後者重技巧，哈金還每個週末去波士頓對岸的劍橋與後者在一個咖啡店見面討論詩，兩位美國詩人的影響都反映在這本詩集裡，既富有理性又突現技藝。這些詩是他留學第二年的課餘在波士頓郊區「水城」的一個工廠裡當夜間看守時寫的，如果技藝是從畢達那裡學來的，表現方式是英美現代式的，靈感卻來自母語國的經驗。第三年，芝加哥大學出版社鳳凰詩叢的編輯Alan Shapiro到他就讀的布蘭戴斯（Brandeis）大學做訪問詩人，覺得他這些詩不錯，拿去出版了，哈金當時還不知道他作為外國學生第一本詩集就被這麼好的出版社接受對他意味著什麼，他當時主攻英美現代詩（研究龐德、艾略特、葉慈、奧登），並打算回中國教英美現代詩。[6]

有必要介紹一下哈金的兩位導師。艾倫・葛羅思曼（一九三二—），出生於美國中部的猶太家庭，哈佛碩士，布蘭戴斯博士（一九六〇），留在那裡教詩歌直至一九九一年，然後轉到霍普金斯大學英文系，二〇〇六年退休，二〇〇九年獲得耶魯大學的博林根終身成就獎（Bollingen Prize，獎金十萬美元），該獎表彰他教出了三代美國詩人，並稱他為詩人的詩人，他的最新詩集《笛卡兒的孤獨》（二〇〇七）可與哈代的《冬之語》相比。二〇〇九年他出版了一本詩論。詩歌承傳上有英國老祖宗的影響，更有美國本土詩人威廉姆斯、史蒂文生、晚期奧登、和洛威爾的影響。他的《伊什圓頂及其他詩》（一九九一）在《西方正典》榜上有名，哈羅德・布魯姆為其背書時稱他為「我們（時代）最富有感染力、最具有人文天賦的詩人之一。」哈金的另一位導師法蘭克・畢達（一九三九—）也是位天才詩人，與洛威爾和畢肖普曾是朋友，有名氣但卻比較倒運，與普立茲獎、美國國家書卷獎、全國書評人協會獎都擦肩，但得過的獎項包括史蒂文生獎和雪萊獎，而且比艾倫・葛羅思曼早兩年獲得博林根終身成就獎。哈金不鼓勵別人用英文寫作，除了語言本身的問題之外，還有一個重要原因就是，不是所有人都能像他這樣得到一流詩人的指點。

《面對陰影》（一九九六）

如果說哈金的第一本詩集帶有一點運氣的話，那麼第二本詩集卻是他畢業之後在美國南方做駐校詩人時孤獨而執著地完成的。《面對陰影》收入了三十八首詩，也是分為四個部分，敘事中有抒情、抒懷，很感性，能感覺到哈金已進入用英文作為母語思考和構思的寫作狀態，詩中有很強的節奏和韻律，其中有幾首我非常喜歡，比如〈談話方式〉、〈我醒來時笑了〉、〈他們來了〉、〈夏日草地〉、〈在紐約〉、〈致阿曙〉等。正如哈金在〈文學代言人及其部族〉[7]裡所大篇幅闡述的，他已經意識到一個作家不可能代表中國底層的草根大眾說話，而只能代表他自己。這本詩集是他個人的聲音，但正是這種「個人聲音」，使這本詩集比第一本更有分量。我想起孫文波的〈六十年代的自行車〉組詩，去年秋天第一次讀到就深為感動，他以一個人的經歷和視角向我（讀者）展示了文革時期的方方面面，讀起來如親臨其境，我尤其欣賞詩中的語言和語調，這應該算是漢語敘事詩經過九〇年代磨練之後在二十一世紀初達到的一個高峰。

《面對陰影》出版於一九九六年，即在哈金因《好兵》獲得美國筆會／海明威獎（一九九七）以及因《等待》獲得美國國家書卷獎（一九九九）和美國筆會／福克納小說獎（二〇〇〇）之前，詩人湯瑪斯・拉克斯當年這樣評價道：「這些詩毫無退縮地明晰，字句閃光，勇猛，這本書中面對的陰影面對著一束強有力的光。」

去年十月羅伯特・品斯基來洛杉磯的惠蒂爾（Whittier College）學院演講和朗誦，我沒有提哈金

6《在他鄉寫作》（台北：聯經，二〇一〇），第一章。

7《在他鄉寫作》，第二章。

的名字，而是混在學生中與他交談。晚餐在一個老師家裡，十二個人圍一個長桌，坐我對面的學生突然問我，「妳去年翻譯的詩集完成了嗎？」我從包裡拿出《哈金詩選》樣書給她看，坐在中間的羅伯特・品斯基一眼認出封面上的哈金，大聲說「這是我的同事！」然後說哈金的寫作如何出色，如何美不可言，看得出來他是從內心裡欣賞哈金，完全是文人相親、詩人相惜的樣子。由於他帶了一個詩朗誦的光碟給大家看，所以我沒有問他對哈金詩歌的具體看法。我想起幾件相關的事情，羅伯特・品斯基就任美國桂冠詩人時（一九九七—二〇〇〇）發起過一個全國性的大聲朗讀活動，在他所挑選的作品中有哈金的詩。有些大學的文學欣賞課上講哈金的詩，後來他的小說成就超過了詩歌，便講他的小說而忽略了詩歌。幾部重要的當代英語詩歌選集和大學寫作參考書裡都收入有哈金的詩歌作品，[8]常被收入詩選的作品有〈死兵的獨白〉、〈過去〉、〈他們來了〉、〈稟奏〉、〈錯過〉和〈談話方式〉，已舉辦了四屆的全美國中學生詩歌朗誦比賽上，被指定朗誦的作品中有莎士比亞的〈可否將你同夏天相比？〉，拜倫的〈她走在美的光影裡〉，濟慈的〈秋頌〉，狄金生的〈希望是有羽毛的東西〉，惠特曼的〈船長〉，葉慈的〈當你老了〉，佛羅斯特的〈雪夜在林邊停留〉，史蒂文生的〈看黑鳥的十三種方式〉，阿西伯利的〈畫家〉，露易斯・格里克的〈新生〉，默溫的〈蜜蜂河〉等等，以及哈金的〈談話方式〉。

〈談話方式〉是《面對陰影》裡的第一首詩，最初發表於美國老牌詩刊《詩歌》月刊一九九四年七月號上。讀這首詩，我感覺不到語言的隔閡（好詩都有可譯性），讀英文時中文自然而然就出來了，翻譯起來毫不費力，不喜歡我這個版本的完全可以自己動手修改。這麼簡單，那這首詩的魅力在哪裡呢？

8 收入哈金英語詩歌的部分英語選集：《來自暴風雨：中國新詩》（*Out of the Howling Storm: The New Chinese Poetry*, ed. Tony Barnstone [Middletown: Wesleyan Unversity Press, 1993]）；《美國聲音詩選》（*The American Voice Anthology of Poetry*, ed. Frederick Smock [Lexington: University Press of Kentucky, 1998]）；《四路讀本第二冊》（*The Four Way Reader*, vol. 2 [Marshfield, MA: Four Way Books, 2001]）；《一九一二—二〇〇二詩選：美國最傑出的詩歌雜誌九十年》（*The Poetry Anthology, 1912-2002: Ninety Years of America's Most Distinguished Verse Magazine*, ed. Joseph Parisi & Stephen Young [Chicago: Ivan R. Dee, 2002]）；《AGNI三十年詩選》（*Agni 56: Poetry Anthology [Thirtieth Anniversary]* [Boston: Boston University, 2002）；《大學寫作指南》（*The User's Guide to College Writing: Reading, Analyzing, and Writing*, by Nancy M. Kreml, Diane Rose Carr, Douglas Capps, Janice Jake, Sharon May [New York: Longman, 2003, 2nd Edition）；《理解詩歌》（*Understanding Poetry*, 2004）；《巴黎評論之書：傷心，瘋狂，性，愛，背叛……》（*The Paris Review Book of Heartbreak, Madness, Sex, Love, Betrayal, Outsiders, Intoxication, War, Whimsy, Horrors, God, Death, Dinner, Baseball, Travels, The Art of Writing, and Everything Else in The World Since 1953*, ed. Paris Review [New York: Picador, 2003]）；《中國詩歌三千年：從古代到當代》（*The Anchor Book of Chinese Poetry*, ed. Tony Barnstone and Chou Ping [New York: Anchor Books, 2005]）；《諾頓文學導讀》（*The Norton Introduction to Literature*, ed. Alison Booth and Kelly J. Mays [New York: W.W. Norton & Co., 2005], ninth edition）；《諾頓詩歌導讀》（*The Norton Introduction to Poetry*, ed. J. Paul Hunter, Alison Booth and Kelly J. Mays [New York: W.W. Norton & Co., 2006], ninth edition）；《朗文文學導讀：小說，詩歌，戲劇》（*Literature: An Introduction to Fiction, Poetry, and Drama*, by X. J. Kennedy and Dana Gioia [New York: Longman, 2006], tenth edition，詩歌部分）；《朗文詩歌導讀》（*An Introduction to Poetry*, by. X. J. Kennedy and Dana Gioia [New York: Longman, 2006], twelfth edition）；《朗文寫作範本》（*Literature for Composition: Essays, Fiction, Poetry, and Drama*, by Sylvan Barnet, William Burto, William E. Cain and Marcia Stubbs [New York: Longman, 2007], Eighteenth edition）；《新世紀的語言》（*Language for A New Century: Contemporary Poetry from the Middle East, Asia, and Beyond*, ed. Tina Chang, Nathalie Handal and Ravi Shankar [New York: W.W. Norton & Co., 2008]。

Ways of Talking

We used to like talking about grief
Our journals and letters were packed
with losses, complaints, and sorrows.
Even if there was no grief
we wouldn’t stop lamenting
as though longing for the charm
of a distressed face.

Then we couldn’t help expressing grief
So many things descended without warning:
labor wasted, loves lost, houses gone,
marriages broken, friends estranged,
ambitions worn away by immediate needs.
Words lined up in our throats
for a good whining.

Grief seemed like an endless river—
the only immortal flow of life.

After losing a land and then giving up a tongue,
we stopped talking of grief
Smiles began to brighten our faces.
We laugh a lot, at our own mess.
Things become beautiful,
even hailstones in the strawberry fields.
（中文譯文參見本書）

如果從流亡的角度來讀，可能很快就能產生一種共鳴。但即使沒有流亡經歷的人也能找到一種普世經驗，而體會到詩中的內涵。人都習慣於抱怨，抱怨生活中的各種不幸，大事小事都喜歡嘀咕一下，即便沒有災難也喜歡怨天尤人，遇到災難就更加牢騷滿腹，只有真正遇到大災大難才會突然醒悟，坦然，然後檢討自己，反省，然後豁然，開懷。讀這首詩，如同照鏡子一樣能發現一種非常熟悉的狀況，從而自嘲一番，振作起來，開心起來。

第三節第一行會讓人立刻想到伊莉莎白・畢肖普的〈一門藝術〉（One Art），畢肖普失去了兩個城市，兩條河，一個大陸（美洲），哈金失去了一片土地（祖國），一門語言（母語），本來是件很傷感的事，但詩裡卻沒有半點傷感，畢式抒情上的節制、表達上的內斂，哈金學到骨子裡了，這「一門藝術」多年來被多少詩人效仿，有些人表面上模仿得唯妙唯肖，但就是缺一種精神上的相似。

用第一人稱複數寫詩不容易寫好，哈金的第二段有點大而化之，泛泛而談，但第三段一下子就挽救了整首詩，任何人讀到這裡都知道他是在說他自己，但他說的方式真是美妙，「失去了一片土地，放棄了一門語言，／我們停止談論痛苦。／笑容開始照亮我們的臉龐，／我們笑啊，笑自己搞得一團糟。」

這裡的「We laugh a lot, at our own mess.」，前半句我反覆修改，在「我們常常笑」、「我們大笑」和「我們笑啊」之間來回猶豫，直譯「我們笑了很多，關於我們自己的混亂」顯然漢語不通，最後根據這首詩內在的語調而意譯，強調「笑」。那時候哈金在大學裡受排斥（美國南方種族歧視嚴重），每天從系裡回家就氣得肚子痛，好在有妻子莉莎和兒子金文安慰。傍晚他常一個人散步到河邊搬運石頭，自己整了個小堤壩，晚上在寫作中得到快樂。[9]平時不善言談的他，把移居生活看做是「自己把事情搞得一團糟」，但正是因為有這樣的境界，才感到「Things become beautiful,／even hailstones in the strawberry fields.」（一切變得美好起來，／即便是草莓地裡的冰雹。）

我對「things」（事物）這個詞一向有好感，讀起來好聽（漢語裡沒有「th」這樣的舌齒摩擦音），又有無限的指代性。此外舌尖音「s」在最末一行反覆出現，如同站在回音壁前聽這首詩。最後兩行非常經典，百讀不厭，於是我也就能理解為什麼美國人也喜歡這首詩。輔音重複在英語詩歌裡從古至今都是一種最常用的修辭手段，他們首先從「音」上面接受了這首詩，然後再去體會詩人想要表達的意思。

回頭看第一節的二、三、七行，也是有很多舌尖音和舌齒音，第二節更是多，所有這些摩擦音都是在重複和強化「loss」（失去）。這是一首談論「失去」的詩，容易產生普遍的共鳴。我在上面說第二節有點大而化之，那是指情感上，語言上卻是妙句層出，「Words lined up in our throats／for a good whining.／Grief seemed like an endless river—／the only immortal flow of life.」（詞語在我們喉嚨裡排成隊／想要拚命地哀叫一番。／痛苦像一條無盡的河——／生命中唯一不朽的流動。）這幾行也很經典，可想而知為什麼被美國老師拿到課堂上去講。

我最欣賞的是第二節第二行，「So many things descended without warning」（那麼多災難沒有警告就降臨），「不預先警告一下就降臨了」有一種美國式的dry humor（指「不動聲色的幽默」）。我把「things」意譯成「災難」，這是少有的幾處意譯之一，一來我想對比畢肖普「一門藝術」中反覆出現的「災難」，二來我想反比「descend」這個動詞通常讓人聯想到的「天使」。這裡降臨的不是雲雀，不是天使，不是上帝，而是災難！這個「descend」（降臨）實在是絕妙，讓我想起露易斯・格里克的《Descending Figures》，想起杜象的名畫《下樓梯的裸女，2號》（*Nude Descending a Staircase, No. 2*），當然不僅僅是「往下行」，我也想起埃舍爾（M. C. Escher）的那個空間錯覺圖《上與下》

9 見哈金英文文章〈喬治亞〉，《美國廣角鏡像：名作家談美國》（*State by State: A Panoramic Portrait of America, By Fifty-One of the Most Acclaimed Writers in the Nation* [ed. Matt Weiland and Sean Wilsey][New York: Ecco, 2008]）。

（*Ascending and Descending*），還想起與哈代同一時代的英國詩人George Meredith的一首詩〈雲雀飛翔〉，或譯〈雲雀高飛〉（The Lark Ascending），[10]一個動詞的聲音能讓我這樣一個二十多歲才來美國的人產生這麼多聯想，土生土長的美國人不是會有更多文化上和心理上的認同嗎。

哈金在訪談中以及在《自由生活》後面的詩學筆記中都談到英語詩歌裡的「sound」（聲音）問題，並同「voice」（聲音，話語聲）聯繫起來，那麼我也從聲音轉入話語聲。《沉默之間：來自中國的聲音》是一個聲音表現了眾多聲音，《面對陰影》是各種不同的聲音最後匯集到一個聲音上，也就是哈金的聲音。第二本詩集的題詞是「獻給我的老師：艾倫・葛羅思曼和法蘭克・畢達」。哈金已經畢業了，在最受挫折的時候寫下這些詩，出版也不容易，也許有人會把《面對陰影》解讀成憤怒，悲哀，和失望，哈金的小說裡也有很強的悲觀主義，但我在《面對陰影》裡卻讀出豁達。面對各種陰影「Facing Shadows」（複數）時，哈金在告訴我們寫詩的愉悅，每天夜裡「我胸口痛了幾小時，／但我醒來時——笑了。」詩集裡還有一些憶舊的詩，書信體長詩〈給阿曙〉有一點點傷感，但詩集的結尾是一首很精美的短詩〈凌晨時刻〉（In the Small Hours），最後一個詞是「joy」（快樂）。哈金找到了屬於自己的聲音，也找到了表達自己的話語聲。

《殘骸》（二〇〇一）

第三本詩集《殘骸》受到最高評價，可能與「國家書卷獎獲得者」的身分有關，也可能無關，

《波士頓環球報》給予高度讚揚，評論文章也都是溢美之詞，但如果不是因為題材對美國讀者太陌生了，可能會受到更多關注。與小說上的成就相比，哈金作為一個非母語詩人可能已經走到頂點，所以完成了這本詩集之後他將主要精力投入到小說創作中。他對此有很清醒的認識，如在訪談裡說過，「英語中沒有非母語的大詩人，這是非母語作家寫作的極限，但願將來有人衝破這個極限。」[11]

《殘骸》共收錄了六十五首詩，分為六輯，從大禹治水，到清朝首批留學生出航，哈金用抒情敘述的手法將中國歷史梳理了一番，用他自己的話來說就是，他需要用梳理的方式從情感上向中國歷史疏離。引言用的是安德里安・里奇的詩句：「我來探索殘骸／詞語是目的／詞語是地圖」。

這六十五首是一本完整的詩集，我無法拆開來讀，翻譯的二十首還不到三分之一，反映不了全貌。從九〇年代末到本世紀初，哈金走出了日常生活的敘事，將眼光轉向歷史，在處理歷史題材時採用的這種敘述方式，情致上有唐詩的影響，手法上是英美大詩人慣用的廣和細相結合，即鋪展很開闊，有氣勢，又不乏具體細節的描述。有的詩抒情，有的詩敘事，有的語氣豪邁，有的語調詼諧，六十五首讀下來不會覺得沉悶，要挑選出哪幾首來頗費神，我就挑一首短詩略作示範。

10 英國作曲家 Vaughan Williams 曾經從這首詩中獲得靈感，譜寫了同名小提琴協奏曲，那麼非母語詩人的作品是否永遠不可能被譜曲呢？錯，美國另一位留學生華裔詩人漸青就有一首英語詩於二〇〇九年十二月被他們學校音樂系教授拿去譜曲，並在新年晚會上指揮學生演唱。

11〈哈金訪談——關於詩歌創作〉，《新詩》叢刊第十三輯（蔣浩主編，二〇〇九）。

〈命運〉，請注意這首詩中間的跨行。哈金的詩通常是自然分節，同一節中的每一行大都有完整的意思，只偶爾從中間斷開。此處他將一個句子斷節，很突出，所以譯文也誇張地表現了一下，「他手掌向下，安撫水中／／和我們血管中的激蕩。」原文裡沒有這麼斷裂，上一行還是完整的意思，分段後的下一行是一個修飾語。

跨行是一種很西化的方式，漢語新詩裡往往被濫用，但哈金曾經強調最好每一行有完整的意思，偶爾斷開才會有出其不意的效果。這個特點我在臧棣的詩中也經常注意到。此外，英語和漢語跨行的區別是，英語還是能保持完整性，比如「his palm turned downwards to sooth the turbulence//in the water and in our veins.」（這兩行英文很精到！）上行直譯是，「他手掌向下（以）安撫激蕩」，這一行的意思是完整的，下行直譯為「在水中和在我們血管裡」，這一行也是一個完整的介詞短語，界定和修飾上面的名詞「激蕩」，類似這樣的跨行達到的效果是，讀者以為一個句子已經結束了，結果下面又意想不到地出現了定語，或者狀語，或者補語，或者分句，這種手段借用到漢語裡要用得巧才能達到同樣的效果，比如利用漢語的特殊結構，將連動詞跨行，或者跨行之後上一行的賓語成為下一行的主語。

哈金的詩雖然力求每一行意義上的完整性，但也有很多時候因為語氣停頓而換行。不過翻譯中出現的跨行有很多時候是因為受制於漢語。

這本詩集的特點也是有很多「戲劇獨白」，每一個獨白的聲音不同，語調不同，從黃帝到百姓，從慈禧太后到小太監，從朝廷大臣到鴉片鬼，翻譯起來很難把握，哈金提出過很多意見和建議。《沉默之間》裡曾大量採用的戲劇獨白，在《殘骸》裡發揮得更好，角色化處理得更精到，語言更豐富，某些獨白還起到人物心理刻畫的作用。

從一九九四至二〇〇二年，哈金在美國南方艾默里（Emory）大學（俗稱南方小哈佛）做駐校詩人並教詩歌創作的九年中，在激烈的同行競爭中寫出兩本詩集和幾本得到美國文學界高度認可的小說，二〇〇二年秋天來到羅伯特・洛威爾曾經教過塞克頓和普拉斯的波士頓大學寫作坊，同事中有兩位諾貝爾文學獎獲得者（索爾・貝婁和德里克・沃爾科特）以及兩位前美國桂冠詩人，面對這種壓力還寫得出作品來麼？

《自由生活》（二〇〇七）

二〇〇四年，小說《戰廢品》（繼《等待》之後）為哈金帶來第二次榮譽；二〇〇七年，六百多頁的磚頭《自由生活》出籠，後面居然還帶有一個小詩集（小說裡兩首，附錄二十五首詩），某些美國同行急紅了眼，終於出來挑剌，識貨的行家們卻給予高度好評。小說主要寫一個叫武男的中國留學生一九八九年之後決定留在美國，先去紐約為一個中文文學雜誌當編輯，然後到南部以經營小餐館謀生。武男在波士頓和紐約見識了形形色色的中國流亡人士，在紐約和南部又見識了美國詩歌界的大腕和懷才不遇的詩人。短小的章節組成一部現代史詩，而其中二十七首詩可以說是小說的縮影版。詩歌敘述了主人公詩人＋廚師武男的生活經歷和內心矛盾，第一首是武男的習作，〈最後一課〉，這是《錯過的時光：哈金詩選》中哈金本人反覆想刪掉的幾首詩之一，他認為沒寫好，我覺得有參考價值，堅決保留了下來。

〈最後一課〉，這首詩有情景，有動作，有回憶，有冥想，有敘述，有感懷，有小隱喻，有大寓意，加上標題才短短十八行，結構卻很完整。哈金不用抽象的比喻，而是讓事件本身和出事地點來發揮暗示或隱喻的作用。游泳課也是人生的一課，英語的「課」（lesson）本身就有「教訓」的意思。起句「Again the ferryboat was cancelled,/you told me on the hone.」「Again」置於句首是詩的語言，渡船「又」被取消了，意味著這種情況經常發生，說話者無可奈何。「渡船」和「港灣」在詩中既真實存在著，又具有象徵意義，港灣隔離了他們兩人，最後更是拉大了兩人之間的距離，船快要「散架」（falling apart）了，「修理」已無濟於事。

「On the beach my shadow has doubled in length」直譯是「在沙灘上我的影子在長度上加了倍」，「double」做名詞是雙倍的意思，做動詞就是加倍，我在「拉長了一倍」和「伸長了一倍」之間猶豫，徵求蔣浩意見時，他說「伸長」好，因為不常見。但「影子」在其他兩首詩裡出現了，我想用「身影」，而「身」與「伸」同音，再加上「沙」，同一行中三個sh音，若放在英語裡就是漂亮的首韻（alliteration），漢語裡「身」、「伸」讀起來卻拗口，所以選擇了「沙灘上，我的身影拉長了一倍。」現在改回「沙灘上，我的影子伸長了一倍。」

第一段交代了以前的背景，雖有一點點繞口，但很有戲劇性，第二段的兩個小道具很出彩，「救生圈」，「蘋果箱」，「與主題緊密相扣，陷入愛河裡需要有一種力量來救生，而聖經中蘋果園的典故稍微一改就成了一個既得體實在又合情合理的「蘋果箱」。

這首詩是武男早期戀愛中的故事，也是他到美國後多年耿耿於懷的心病，碼頭邊上這一景很生動，說話者「看一群孩子／在淺水區悶水，／比誰憋氣憋的最長。」故事中的故事是，說話者曾經教聽者游泳，兩人在這場愛情遊戲中都逞強，看誰更沉得住氣。第二人稱聽者是否漂亮，是否可愛，是否迷人，都無須言說，你「隨意攪起的漩渦」就使第一人稱我難以掙扎出來。第三段起首一句「What an idiot!」（傻瓜！）更是出彩。

作為讀者的我旁聽／偷聽了這「最後一課」，「是莞爾，還是惋惜，作者不關心，他要講述的是他創造的那個世界裡的故事，他不讓偷聽者直接聽到他的感情直白，而是極有控制力地將故事慢慢道出，這種技巧從第一首死去的士兵到現在活者的武男，百用不爽，這種敘述方式帶來什麼效果呢，抒情詩中的抒情性被壓制下去，間接的交流使詩意更直接地呈現出來，這是戲劇獨白的精華之處，用哈金的話來說，這是詩的結構，即用聲音來控制結構。也就是說，哈金不是從表層上學英美詩，而是從實質上學精髓，然後用來建築和構架每一首詩。我從他要扔掉的廢品中，起碼學到了他探索的路子。

與前三本詩集相比，這二十七首詩因為基本都是根據故事情節而寫的，而小說是寫流亡和移居主題，所以某些詩難免有點意識形態化，有幾首思多於詩，總體不如《面對陰影》和《殘骸》，但卻正好反映了武男的掙扎與成長，對《自由生活》正合適，幾乎是量體裁衣為武男訂做的詩。武男先留學後定居，先頭腦發熱，後腳踏實地打工，然後買房又買小餐館當小老闆，實現美國夢之後又放棄一切重新打工，就為了有時間寫詩，隨著武男的思想成熟，逐步超越了政治、宗教、文化、語言、種族，後面幾首寫的很大氣，也有哈金自己的聲音，〈交鋒〉一詩幾乎是哈金的自傳，或者說是哈金戴著武男的面具而發出的聲音：

你被自己的愚蠢誤導，
一心去步康拉德
和納博科夫的後塵。你忘了
他們是歐洲白人。
記住你的黃皮膚
和那點才分——不可能
讓你大器晚成。
幹嘛相信你可以用英文寫詩？
英語的樂感對你並非自然。

下面這段更是唯妙唯肖，也道出非母語詩人的苦楚：

即使你走運，某一天
在洋鬼子的廟裡坐上一把交椅，
你真以為他們會

因你寫出好詩而接受你？

然後語調一轉，談他為什麼用非母語寫作：

是的，我們的語言曾經像條河，
但現已萎縮成一個人工池塘，
你被困在其中，半死不活，
像寵物一樣去服從和取悅。
所以我寧可在英語的鹹水裡
以自己的速度爬行。
至於廟裡的鬼神，
為什麼我要在意他們接不接受？
黎明的曙光不歧視。
樹木、蝴蝶、或小溪
（不像被人類傳染的狗）
不會注意你的膚色。

這首詩的語調明顯的不同於〈毛驢〉、〈土撥鼠的時辰〉、〈公鴨〉、〈家庭作業〉等詩，而且有一個人物的兩個獨白聲音，彷彿一個武男同另一個武男在辯論。縱觀這本小詩集，每首詩的語氣轉換由詞語的選擇決定，而詩的構架和詩與詩之間的轉換由語調決定，結構和語調互相制衡，這大概就是哈金的路數。用哈金的路數來探照哈金的詩，不難發現小詩集首尾比較弱的幾首詩正是因為語調不明確，或者是沒有設置一個明確的聽者，沒有使讀者處於旁聽／偷聽的位置，而是泛泛地將聽者和讀者混在一起，也就是將第二人稱泛化之後產生的結果。

從形式上看，《自由生活》中的小詩集比前幾本詩集要變化多端一些，有雙行體，三行體，四行體，當然也有不分段或自然分段，有標題與詩分開也有標題與第一行合用（即標題為詩的第一行），有人物獨白也有動物獨白，有用第三人稱（如第一首）或第二人稱（如最後一首）指代說話者本人，但這些形式上的變化並沒有起太大作用，真正撐住這個小詩集的還是戲劇性的獨白，這一點既給翻譯帶來便利也給翻譯帶來困難，因為聲音最容易模仿也最難模仿到家（翻譯就是模仿原作，尤其是在語調上模仿）。

敘事性，戲劇性，以及詩歌翻譯的局限性

哈金於一九七八至一九八五年寫的漢語詩我們無從看到，但一九九〇年出版的第一本詩集《沉默之間》反映出他所關注的問題——詩歌的敘事性和戲劇性，從以上簡短的討論中我們還看到他運

用得最多的手法是戲劇獨白，而獨白中的敘事性和戲劇性在引用的幾首詩裡（〈死兵的獨白〉、〈稟奏〉、〈最後一課〉、〈交鋒〉）也略有展現。哈金所用的「獨白」這種敘述方式，即詩中的說話者並非作者本人，而是作者以另一個真實或虛構人物的口氣說話，在中國古詩裡也常見，從《詩經》到唐詩都有這種戲劇化的獨白，西方文學中但丁的《神曲》和莎士比亞的十四行詩中也都有戲劇化或者角色化的獨白，十七世紀玄學派詩人用的很多，到維多莉亞時代達到高峰，有丁尼生的《尤利西斯》和羅伯特・勃朗寧以《我的前公爵夫人》為代表的大量詩作。英語文學史公認英語詩歌的戲劇獨白（dramatic monologue）由羅伯特・勃朗寧（一八一二—一八八九）發展到極致，表現得最完善，浪漫派詩人們和現實主義哈代也用過，尤其是哈代用得很出色，現代派詩人艾略特的〈普魯弗洛克的情歌〉和〈荒原〉也是戴著他者的面具說話，龐德、奧登、佛羅斯特、普拉斯、貝里曼、阿什貝利等都在詩中用過這種技巧，露易斯・格里克也大量用過。詩歌從本質上來說就是獨白，而「戲劇獨白」與普通的獨白具有兩大不同之處：作者並非自言自語，而是利用一個戲劇化的角色來說話；作者並非直面讀者，即聽者不是讀者，而是作者預設的聽者或聽眾，讀者不過是旁聽或偷聽。

英國哲學家約翰・斯圖爾特・彌爾（John Stuart Mill, 1806-1873）在〈什麼是詩歌？〉一文裡有一句名言，「雄辯是聽到的；詩歌是偷聽到的。」（Eloquence is heard; poetry is overheard.）也就是說，好的詩歌不是直接面對讀者，而是讓讀者「偷聽」，「或者說詩歌讀者是偷聽者。聽者有時出現於詩中，有時不出現，但即使出現也不說話，比如在羅伯特・勃朗寧的《我的前公爵夫人》，說話者是公爵，聽者是公爵準備新娶的伯爵小姐派去的使者，使者在詩中出現，而艾略特〈普魯弗洛克的情歌〉起句中「你和我」的「你」卻沒有交代，也許是他自己，總之，讀者在閱讀這種戲劇獨白詩的時候是「偷聽」到一個戲劇化人物對另一個人的獨白。艾略特有一個被廣為引用的觀點，「詩不是放縱情感，而是避卻情感；詩不是表達個性，而是避卻個性。」[12]設立一個戲劇化的獨白者正好取得了避開個人情感、避開作者個性的效果，即用一個「他者」的聲音來節制個人抒情。

現代派挖掘出玄學派詩人喬治・赫伯特（一五九三—一六三三），還發現了他詩中的「獨白」，「但赫伯特獨白中的說話者大多是他本人，聽者是上帝，而且他特別喜歡將『愛情』、『罪惡』等等擬人化。我讀過幾篇分析他〈脖圈〉（Collar）一詩中戲劇獨白的論文，不敢苟同，像他那樣把上帝設為聽者，與大多數詩人把繆斯設為聽者沒有多大本質區別。讀哈金的詩，並沒有發現赫伯特式的宗教情懷，但能看見赫伯特式的用詞精準和語言的音樂性。〈死兵的獨白〉一詩在有著漫長詩歌傳統的「戲劇獨白」舊瓶裡裝上了新鮮的中國酒，再加上簡練而富有音樂性的語言，使一個外國留學生進入了英美詩歌的殿堂。

如果說《沉默之間》和《面對陰影》兩本詩集裡有自傳成分的話，《殘骸》完全是中國歷史人物的聲音，如陳均所說，「哈金提供了書寫中國經驗的英語詩歌的（且可感的）方式，這是不同於中國大陸的詩歌趣味的。」不僅是可感的，也是可比的。但詩歌的靈魂是語言，語言的微妙之處無法轉換，英語和漢語又屬於不同語系，所以我的每一行翻譯都是對原詩的背叛，只能作為參考。

如果我們不考慮哈金是用什麼木頭或石頭（語言工具）來建築他的詩，只看他建出來的房子，也就是跨越語種來看哈金詩的本質，我們看到的是什麼呢？用他自己的話來說，「我不想吃祖先留下的遺產，作家應當創造文化。」[13]那麼他創造出來的文化是一種用他山之石建築的橋樑式的房子，從英語的邊緣到漢語的邊緣，這種建築提供了一種跨越文化和語言的廣角鏡視角。

哈金在〈為外語腔辯護〉[14]一文裡提到華裔作家湯婷婷，我第一次聽說她是因為她的英文名字Maxine Hong Kingston和英文詩，她不會說也不會寫中文，她是唯一獲得過美國國家書卷獎非小說類的華裔，哈金是唯一獲得該獎小說類的華裔。類似於他們這樣用非母語創作並進入非母語文學傳統的作家、詩人，能否被母語文化和母語文學傳統接納呢？這問題牽扯到太多因素，國籍、語言、文學作品的高度、流行度、獲獎狀況、讀者的認可、意識形態之爭等等，不在此討論，但願能有一個純文學的標準，而又不以使用的語言為唯一的界定。

哈金有哈金的局限性，納博科夫從小就懂英語，哈金是當兵轉業後在鐵路上工作時跟著廣播電台自學的英語，而且出國前除了私下寫過漢語詩之外，既沒有發表過漢語作品，更沒有發表過英語作

---

12 見艾略特〈傳統與個人才能〉（Tradition and Individual Talent）一文，原文是「Poetry is not a turning loose of emotion, but an escape from emotion; it is not the expression of personality, but an escape from personality.」他緊接著說「But, of course, only those who have personality and emotions know what it means to want to escape from these things.」（但是，理所當然，只有那些具有個性和情感的人才知道想要逃避這些東西意味著什麼。）

13 〈哈金訪談——關於詩歌創作〉。

14 〈為外語腔辯護〉原為二〇〇八年四月四日哈金在布朗大學「全球化時代重估外語教學大綱」研討會上的主題演講，明迪譯，原刊載於《中國圖書評論》二〇〇八年第九期和美國《多維時報》，後收入《在他鄉寫作》，第三章。

品，林語堂在中國就出版了英文書《吾國吾民》（*My Country and My People*，一九三五），到美國後用英文寫出暢銷書，哈金作為一個後飛的「笨鳥」，一直埋頭於嚴肅文學的創作。那麼為什麼要用英文寫作呢？哈金借用布羅茨基語：「當一個作家訴諸於母語之外的另一個語言時，要麼是出於必要，如康拉德；要麼是出於燃燒的雄心，如納博科夫；要麼是為了達到更大的疏離，如貝克特。」[15]從哈金的《在他鄉寫作》一書看出，這三點對於他來說是兼而有之。

納博科夫也是先寫詩，後轉入寫小說，他早期的一首詩〈Lilith〉（一九二八）明顯有《羅麗塔》（*Lolita*）的影子。哈金作為一個詩人和詩歌研究者，轉入寫小說的原因之一是詩歌中無法展開或細緻處理的材料只有靠小說來解決，比如《沉默之間》裡部隊生活的主題和材料他後來又放進短篇小說集《好兵》裡了，《面對陰影》裡〈孩子的天性〉、〈夏日草地〉、〈太陽的味道〉等詩中的主題後來在長篇小說《自由生活》裡得到充分發揮，而〈談話方式〉、〈在紐約〉、〈過去〉等詩的主題在〈語言的背叛〉和〈一個人的家鄉〉[16]等文章中得到全面展開，也就是說，哈金的互文寫作是跨文體的，我們在研究時也可以跨文體參照。

納博科夫生前（一九六九）出版過一本詩集《詩與難題》（*Poems and Problems*），有三十九首他自己從俄語譯成英語的詩，十四首英語詩，十八個象棋棋局，哈金做過這樣的評價，「（納博科夫的）散文充滿了微妙和幽默，而詩歌卻顯得費勁，沉悶，有時候不透明。詩行平鋪直敘於五音步裡，沒有變化。納博科夫似乎不知道如何運用韻律來製造戲劇效果，……」[17]顯然，哈金深知英語詩的訣竅，他的詩歌布局同短篇小說一樣，經過深思熟慮，雖然不能說每一首都寫得完美，但起碼他作為一個非母語詩人寫出了幾首被英語母語詩人稱道的作品。

如果可以將蘋果同橘子相比的話，哈金的詩歌語言也許不如納博科夫的散文語言優美、俏皮，但也創造出不少於納博科夫的新英語詞彙，除了小說和文章裡的漢語直譯和對中國成語的「篡改」妙用，詩歌中也不乏從母語和母語文化中創造的英語詞彙，比如在〈死兵的獨白〉一詩裡他就是直譯漢語，（上墳用的）紙錢「paper money」，（毛主席語錄）紅寶書「red treasure book」，活一萬年（萬壽無疆）「live a thousand years」，開口（說話）「open your mouth」，〈在紐約〉一詩中的錢眼「money eyes」等等，也就是說，哈金不僅進入了英語語言，也改變了這個語言（增加了有異國味道的語彙），這個意義只有等很多年之後才能看得更清楚，但翻譯成漢語卻起了副作用，因為在英語裡顯得富有生命力的「中國味」詞語（包括「同志」、「迷信」、「語錄」等單詞），一回原到漢語裡就變為陳舊的文革話語，而有些描述性詞語比如〈在紐約〉一詩中的「yellow cabs」（黃計程車）在原詩裡顯示出詩人的觀察以及對環境材料的選擇（紐約滿街都是黃色計程車），但在漢語裡這個「黃」卻沒有任何色彩。我甚至想過變換一下表達方式來保留語言的生命力，或者加「譯註」。哈金本人講究簡

---

15 原文出自於中國詩人都熟悉的那篇布羅茨基寫奧登的文章〈取悅一位影子〉（To Please a Shadow），轉引自《在他鄉寫作》。

16《在他鄉寫作》第二章和第三章。

17 引自〈語言的背叛〉，《在他鄉寫作》第二章。

單直譯，讓詩歌自己說話，只在個別情況下建議過意譯，比如他建議把「money eyes」譯成「貪錢的眼睛」，但這樣一來我就得把「紅寶書」譯成「紅色財寶書」了，不過也未嘗不可。

翻譯是個無底洞，永遠沒有完美的一刻。詩人臧棣曾經說，「哈金的詩，在英文裡有味道，譯成中文好像不如在英文裡有文體感。這不是翻譯的問題，而是哈金選擇的寫法，不容易找到對應的中文。不過，你的譯本，讓我領略到哈金詩歌的魅力。」臧棣的英語能力和翻譯功底一向深藏不露，我從他翻譯的〈達摩面壁〉一詩中曾領教過，他的話讓我感到一點欣慰，同時也讓我突然意識到《哈金詩選》恰恰是翻譯出了問題，一方面我將自己過去的中國經驗融於閱讀和理解中，直接套用了現成的漢語詞彙，而不是真正「翻譯」，另一方面我對華人的海外生活也太熟悉了，沒有像翻譯英美詩人那樣利用距離感和陌生感去揣摩，去捕捉新鮮微妙的細處，也就是說，直譯的直譯在這裡不適用，哈金的詩如果由一個非中國土生土長的英語漢學家來尋找對應的漢語，呈現出來的將是更有趣的文本。

那麼撇開翻譯，讓我們穿越詞語的表面來品味哈金詩中的敘事性和戲劇性。這也正是為什麼我將哈金第一首英語詩標題中的「Talk」（談話）意譯為「獨白」的原因，一來突現這首詩以及哈金大多數詩的風格，二來希望看到他的詩不僅僅在美國獨白，而是在當代漢語詩人中得到一點回饋。哈金詩歌不構成對漢語新詩的參照，只是「呼應」。這種呼應關係表現在個人成長、關注面、思考焦點等各個方面：

一、哈金與後朦朧詩人一樣受過中國古典詩歌的薰陶並在七〇至八〇年代受到外國詩歌影響，八〇年代開始詩歌創作（一九八六年開始發表英語詩歌），敘述方式和審美情趣也比較一致。

二、哈金（原名金雪飛）的〈給阿曙〉與大陸知名詩人張曙光的〈致雪飛〉構成一種同時代詩人之間的呼應，互文閱讀可以發現很多有參照價值的關聯性，以及由於地域不同所產生的差異性。

三、哈金的詩學轉變與漢語新詩發展既有同向也有逆向的呼應，哈金第一本詩集《沉默之間》（一九九〇）體現了對底層（草根階層）的人文關懷；第二本詩集《面對陰影》（一九九六）從對集體生存環境的關注轉入對個體精神世界的關注，從批評走向自我反省，走出所謂作家的社會承擔而進入作家作為個體對文學本質的追求，這與他在海外多年來思考個人與集體、與國家的關係有牽連；第三本詩集《殘骸》（二〇〇一）轉入對歷史的叩問；第四本小詩集〈自由生活〉（二〇〇七）又回歸自我和對生命存在價值的反思。

四、相對而言，哈金在題材選擇和語言表現上也許不夠開闊和豐富，但他更注重於結構的完整。哈金不追隨流行詩歌（無論是英語還是漢語方面），而是固執地認定自己的文學傳統和創作目標，他試圖通過完整性和獨立性來建構超越時間的作品。現在回頭看哈金二十多年前的作品，也許會感到語言和意象有些陳舊，但再過二十年或五十年之後就能從特定的歷史語境下發現一種永恆的簡樸之美。

二〇一〇年二月初稿
二〇一一年九月略作補充

哈金簡介及創作年表

哈金，本名金雪飛，一九五六年出生於中國遼寧省，十四歲當兵，轉業後在鐵路上工作，自學英語，後考入七七級本科生，一九八二年畢業於黑龍江大學英語系，一九八四年獲山東大學英美文學碩士，一九八五年留學美國，一九九二年於布蘭戴斯大學獲文學博士，一九九二至九三年就讀於波士頓大學寫作坊，一九九四至二〇〇二年任喬治亞州艾默里大學駐校詩人並教詩歌創作，二〇〇二年秋季至今在波士頓大學英語系教小說創作。

創作年表

詩歌

《沉默之間》（*Between Silences*）（一九九〇）
《面對陰影》（*Facing Shadows*）（一九九六）
《殘骸》（*Wreckage*）（二〇〇一）

長篇小說

《池塘》（*In the Pond*）（一九九八）

《等待》（*Waiting*）（一九九九）

《瘋狂》（*The Crazed*）（二〇〇二）

《戰廢品》（*War Trash*）（二〇〇四）

《自由生活》（*A Free Life*）（二〇〇七）

《南京安魂曲》（*Nanjing Requiem*）（二〇一一）

短篇小說集

《好兵》（*Ocean of Words*）（一九九六）

《光天化日》（*Under the Red Flag*）（一九九七）

《新郎》（*The Bridegroom*）（二〇〇〇）

《落地》（*A Good Fall*）（二〇〇九）

文論集

《在他鄉寫作》（*The Writer as Migrant*）（二〇〇八）

《等待》獲得美國國家書卷獎，及筆會／福克納小說獎；
《戰廢品》獲得筆會／福克納小說獎；
《光天化日》獲得弗來尼里・歐康納短篇小說獎；
《好兵》獲得筆會／海明威獎；

此外還多次獲得過普希卡獎、坎尼評論獎，以及歐・亨利短篇小說獎。短篇小說多次被收入年度最佳短篇小說集。

當代名家・哈金作品

錯過的時光：哈金詩選

2011年10月初版　　定價：新臺幣380元
有著作權・翻印必究
Printed in Taiwan.
著　者　哈金（Ha Jin）
譯　者　明迪
發行人　林載爵

出版者　聯經出版事業股份有限公司
地址　台北市基隆路一段180號4樓
編輯部地址　台北市基隆路一段180號4樓
叢書主編電話　(02)87876242轉203、225
台北忠孝門市：台北市忠孝東路四段561號1樓
電話：(02)27683708
台北新生門市：台北市新生南路三段94號
電話：(02)23620308
台中分公司：台中市健行路321號
暨門市電話：(04)22371234ext.5
郵政劃撥帳戶第0100559-3號
郵撥電話：27683708
印刷者　世和印製企業有限公司
總經銷　聯合發行股份有限公司
發行所：台北縣新店市寶橋路235巷6弄6號2樓
電話：(02)29178022

叢書主編　胡金倫
編輯　杜瑋峻
封面設計　小山絵

行政院新聞局出版事業登記證局版臺業字第0130號

本書如有缺頁，破損，倒裝請寄回聯經忠孝門市更換。　ISBN 978-957-08-3892-3 (精裝)
聯經網址：www.linkingbooks.com.tw
電子信箱：linking@udngroup.com

國家圖書館出版品預行編目資料

錯過的時光：哈金詩選/哈金著．明迪譯．
初版．臺北市．聯經．2011年10月（民100年）．
272面．14.8×21公分（當代名家·哈金作品）

ISBN 978-957-08-3892-3（精裝）

874.51 100019186